詭軼紀事

中元萬鬼驚

記錄詭譎散軼的靈異故事之書

Div（另一種聲音）、星子、
龍雲、笭菁——著

目錄

（※本故事內容純屬虛構，如有雷同，純屬巧合。）

第一篇

中元　頂樓的姐姐

Div（另一種聲音）

這一天下午，小龍的妹妹名叫小嵐，現在大二，正在學校的餐廳喝著一杯六十元現打的鳳梨蘋果汁。

小嵐一邊喝著果汁，一邊想著，最近家裡好像不太平靜，一切好像從住在鄉下的阿嬤夢見小叔公開始，他們為了遷移小叔公的墓，使得小龍在舊墳區時，撞見了一名神祕少女，進而觸發一連串的驚悚事件，屍體、符咒、冤魂不散，小龍甚至為此差點送了命。

正當小嵐想著這些事發著呆，她面前出現了一個人，這人是她的同班同學。

「幹嘛，神情這麼奇怪？」小嵐抬起頭，看著她同學神色慌張的坐下，「小昕。」

小昕是小嵐的同班同學，但兩人的關係並不算挺熟，主要原因是小嵐走的是自由自在、瀟灑自如的男人婆路線，而小昕卻因為外表亮麗、個性溫柔，是男生口中的系花等級美女，更不時有外系男生來探聽小昕的愛情動向。

「小嵐，聽說妳膽子很大，喜歡看凶殺案。」小昕坐下之後，原本清秀的臉龐帶著一絲憂鬱，沉默了一會之後才開口。

「呃，也不是啦。」小嵐搔了搔頭，「其實喜歡看凶殺案的是我媽啦，我只是陪她，眞的，老人家愛看，我就是孝順，眞的是孝順而已。」

「嗯，不管怎麼說，妳的膽子就是比我大。」小昕一邊說，呼吸慢慢急促起來，「有件事，我有點怕怕的，但卻不知道對誰說，妳膽子大，我可以……可以請妳幫忙嗎？」

看著小昕憔悴的眼睛、急促的呼吸、微微繃緊的肌肉，小嵐不知道怎麼就覺得心跳也跟著加速，這種微緊張的感覺，就是她對凶殺案劇情愛不嗜手的原因，有一種直覺告訴小嵐，小昕身上發生的事，一定帶著類似的氣息。

詭異的凶殺案氣息。

「好。」小嵐把臉湊近了小昕，壓抑住緊張的情緒，讓表情盡量平穩，「我來一起想想看。」

「那我就開始說囉。」小昕說，「這件事，是一個住在我家公寓樓上的姐姐，她年紀比我大了約莫兩三歲……」

「嗯嗯，然後呢？」

「我都叫她原姐，原姐已經出社會在工作了，她工作的地點是學校附近的飲料店……」

「原姐？那間飲料店？咦，妳說的是男生口中那個飲料店美女原嗎？她在我們學校的男生之間很紅耶。」小嵐想了一下，「但最近聽男生說，她好像離職了，有一陣子沒看到她了。」

「對啊，就是她，她住在五樓，我住在四樓，她在我的樓上，因為她下班時間和我打工結束時間剛好差不多，所以我們很常在樓梯口遇到，會停下腳步聊上幾句。」

「小昕，妳也打工？」

「是啊，我是在中山路上的洋酒專賣店打工，順便練習英文，原姐出社會出得早，所以也教了我不少事，我還問了她很多感情的事情。」

「哇，原來你和飲料店美女原這麼熟啊！班上男生一定不知道，不然肯定會拼命和妳要她的電話。」

「我和原姐真的挺熟的，不瞞妳說，我們還有著彼此房間的鑰匙，如果臨時有事，還可以託對方進屋子拿東西。」小昕說到這，突然眼神往下，睫毛顫動，不知道是悲傷還是害怕，「可是……就在最近，卻發生了一件事。」

「什麼事？」

「那就是，原姐突然不見了。」

「咦？」

「一開始，我只是晚上沒有碰到她，原本想說她是外出旅行，但怎麼沒有和我說一聲，實在很見外，於是我傳了幾個簡訊給她，卻發現她有讀卻未回，連續幾天都是這樣，如果說只是忙，總是會回個貼圖之類的，但她卻完全不回，讓我覺得越來越奇怪……」

「她突然失蹤了？」小嵐皺起眉頭，她可以感覺到，那詭異的氣氛逐漸濃烈，凶殺案的局正緩慢成形。

「對啊，因爲實在擔心，所以我做了一件有點衝動的事。」

「什麼事？」小嵐問。

「我，拿著鑰匙到了樓上，去開了她的門。」

「妳拿著鑰匙去開了她的門？」小嵐感到周圍凶殺案的氛圍陡然升高，小昕打開了失蹤人口的房門，裡面到底會看到什麼？

房間裡面，到底是什麼？

「我開了門，發現裡面……」

「裡面怎麼樣？」小嵐忍不住湊近了小昕的臉。

「裡面，」小昕吐出了一口氣，「很正常。」

「啊？很正常？」小嵐差點沒從椅子上摔下去。

「是的。」小昕搖了搖頭，「真的很正常，早上臨時出門時隨意折起的棉被，鏡子前擺放有些凌亂但沒有短少的化妝品，幾件掛在椅子上的衣服，很正常，正常到像是一大早出門的原姐今天晚上就會回家的那種正常。」

「但，原姐並沒有回家……」小嵐沉吟，「所以這麼『正常』，才顯得『不正常』？」

「對！我就是這個意思。」小昕看著小嵐，「真要說不正常，反而是在玄關的地方。」

「玄關的地方？」

「是的，我在玄關看到了那雙紅色高跟鞋。」小昕說到這，微微遲疑了一會。

「紅色高跟鞋？」

「對，那是原姐最愛的一雙紅色高跟鞋，只有和重要的人約會才會穿，平常總是被珍貴的收在紙盒內，那時卻被拿出來，放在玄關處。」

「欸？拿出來，但沒有穿嗎？」小嵐皺起眉頭。

「對，代表原姐失蹤前本來要穿，但卻不知道爲何沒有穿上，然後就消失了，而鞋子就這樣被放在玄關了。」

「好奇怪。」小嵐歪著頭，抓了抓頭髮。

「不過，這一些都不是讓我必須來找妳的原因。」小昕說到這，嘴唇有點發白，那是恐懼的表情。

「那什麼才是原因？」

「因爲，從我打開門進去原姐房間的那一天晚上開始……」小昕說到這兒，雙手緊抓著衣角，臉色發白，「當我每天晚上躺在床上時，都會聽到樓上傳來的……高跟鞋腳步聲。」

「喝！」聽到小昕這樣說，小嵐嚇了好大一跳，「小昕，妳，妳在說什麼？晚上會聽到高跟鞋走路的聲音？」

「對，我住在四樓，天花板上就是五樓，每天晚上都會聽到高跟鞋扣，扣，扣……來回走路的聲音。」小昕說到這兒，不只嘴唇發白，臉上都一起沒了血色。

聽到這裡，小嵐再一次仔細看著小昕的樣子，對，難怪剛剛第一眼看到小昕的時候，會覺得她表情有點怪，原來這不是怪，而是連續幾天失眠之後，靠著化妝技術遮掩後的古怪衝突感……

眼前這個原本是美女的小昕，如今雙眼凹陷，血色盡失，嘴唇微顫，確實是一副好幾天晚上都沒有闔眼的模樣。

所以，她所說的每天晚上，從空無一人的樓上傳來的高跟鞋扣扣聲，是眞的嗎？小嵐不禁疑惑起來。

「從妳的表情看，妳一定不相信我。」小昕把臉埋入了雙手之間，有如呻吟啜泣的聲音，從指縫中傳了出來，「但我眞的聽到了，昨天晚上我還跑到樓上的門口，想確定有沒有人回來，但卻因爲害怕不敢進去，但從門口來看，沒有人回來過，眞的沒有人回來過。」

「但妳還是有聽到樓上的高跟鞋聲音？」

「是的！」小昕用手抓住小嵐的雙手，「妳是我認識的人之中，最大膽的一個，妳可以陪我……」

「陪妳？」

「今天晚上，陪我一起睡。」小昕的眼睛中，充滿了無助與恐懼，「陪我，我好怕。」

看著小昕的模樣，小嵐覺得有些瘋狂，半夜不斷聽到空屋子的高跟鞋聲音？也許小昕要的是心理醫生，因為樓上原姐突然的消失帶給了小昕內心的恐懼，讓她產生了幻聽，但小嵐也忍不住心軟，這時候也許該陪她幾個晚上，讓小昕明白這一切都是幻聽之後，再來慢慢勸她。

「好啦。」小嵐鬆了口風，「今晚我陪妳。」

「喔耶！」小昕開心的舉起雙手，「謝謝妳。我請妳吃晚餐，妳要吃什麼我都帶給妳。」

「請吃飯是不用啦，但得讓我回家收拾一下衣服。」小嵐聳肩，「總不能讓我去陪妳，然後一整天都沒洗澡吧。」

「嗯好。」小昕聽到小嵐願意陪她，顯然重振起精神，「那我和妳約個時間，晚上五點半，在校門口見。」

「可以。」小嵐嘆氣。

她不是很喜歡睡別人的床，但爲了小昕這可憐的模樣，她也只能兩肋插刀了。

只是，小嵐忍不住有點迷惑，這件事發展到這裡，到底是一開始的凶殺案氛圍？還是驚悚鬼故事路線呢？原姐到底爲何消失？會不會才是這件事的重點？

下午，小嵐回了家一趟，拿幾件換洗衣物，剛好碰到大她兩歲的哥哥，小龍。

「妳要出去？」小龍正拿著一大袋水果，從家門走入。

「是啊，晚上要去和同學睡。」

「感情這麼好？」小龍看了一眼小嵐，「男生還是女生？」

「當然是女生，小昕啦，你不是見過？」

「小昕，喔，你們系上的那個系花啊，她很漂亮，在我們班也很有名。」小龍說。

「呴！你們男生眼裡就只有美女。」

「欸欸，不是這樣好嗎！我們男生可是很有深度的，我們也讀書，像是電子學。」

「整個班只有兩個人Pass的電子學，也敢拿來說嘴！」

「喂喂沒禮貌！我們是覺得，好的書，值得多讀一次啦！」小龍抓了抓頭，「妳怎麼對我們班的成績這麼瞭若指掌？算了算了，不過那個小昕會在我們班上有名，除了她漂亮之外，還有別的原因啦，因爲她好像和我們隔壁B班的籃球校隊隊隊長在一起……」

「那個校隊隊長！你們系的系草！他也在我們班上也超有名！」

「妳還敢說我們！」小龍幾乎要翻白眼，「妳們女生比我們男生更花癡好嗎！」

「嘿，是因爲這間學校，眞的沒有男生可以看了好嗎！所以我們才會挑一個勉強過關的來欣賞。」小嵐說，「只是我怎麼不知道小昕和他在一起，哼，晚上我要好好拷問一下她。」

「我也不太確定啦。」小龍說，「有人談戀愛就是很低調啊，對了，明天下午妳要記得回來喔。」

「回家幹嘛？」

「回家拜拜啊。」小龍抬起手上那袋沉甸甸的水果，「後天是中元節，鬼門大開，我們家要拜好兄弟。」

「中元節拜拜，不是有你嗎？」

「不行，妳老是繞跑，都把事情丟給我弄。」小龍從袋子中挑了一顆蘋果，假裝朝著小嵐丟去，「而且今年，我們剛遷完小叔公的墓，要特別拜一下。」

「剛遷完小叔公的墓，啊，對。」小嵐想起小龍的那件事，點了點頭，「好，明天下午我會回來，但本姑娘完全不介意你一個人就把全部事情做完，然後我只要回家吃拜拜後的供品就好。」

「妳這個，懶，女，人！」

「嚕。」小嵐對哥哥扮了一個鬼臉，就這樣拎著手上裝著衣物的提袋，朝著門外跑了出去。

屋子裡，只留下提著整袋水果，對妹妹完全無可奈何的哥哥，小龍。

這一晚，小嵐與小昕會合之後，兩人就騎著摩托車來到了小昕的住處。

這裡是一棟頗有歲月的五層樓公寓，因爲鄰近學校，所以幾乎全都是租給學生，而房東則住在他處，平常學生們互相照顧，除非有比較大的修繕，才會電話通知房東，也難怪小昕會和原姐變爲朋友。

小昕用鑰匙打開了大門，帶著小嵐朝著樓上走去，「我住在四樓，而原姐就住在我的樓上。」

小嵐隨著小昕往上走，這公寓看起來年歲已久，各樓面積不大只租給一個住戶，而且沒有電梯，樓梯把手的表面多半有些鏽蝕，塗漆半數剝落，而因爲整棟樓都是租給女生，所以還算乾淨整齊，只是在這乾淨整齊之中，卻難掩歲月痕跡。

而當她們走入小昕房間時，小嵐可以感覺到這裡被刻意整理過，雜物被收在櫃子裡，亮麗乾淨的地板，書櫃上擺放著舒適的綠色植物，被擦拭過的玻璃上，吊掛著頗新的窗簾布。

「小昕，妳的房間怎麼這麼乾淨？像是樣品屋似的。」小嵐左右張望，忍不住讚美，「哪像我的房間，我哥都說那根本就是豬窩。」

「哪有。」小昕露出淡淡的微笑。

小嵐忍不住想，這小昕真是美女！而且是那種會把自己外表硬是維持住的美女，就算經過了這麼多天的失眠，她還可以靠著淡妝維持住自己的容顏，就算內心再怎麼害怕，還可以每天去上學，就像是她的房間，所有比較私人的物品，都被巧妙的收納在旁人看不到的地方。

在小嵐眼中，小昕的房間就像是她本人，亮麗，乾淨，會化上淡妝，看不到更深層的東西。

「難怪我們同班兩年，還是熟不起來，我們真的是不同世界的人。」小嵐再次抓了抓頭髮，爽朗的笑，「我們兩個的房間真的是天壤之別啊。」

「別說了，說得好像我是整理癖似的，我要感謝妳來陪我。」小昕合掌，「妳晚上想吃什麼，我來叫外送，這一餐讓我請。」

「嗯好喔。」小嵐拿起手機，「我晚上想吃麵，妳呢？」

「當然好，那我們吃麵吧。」小昕再次露出淺淺的微笑，再次展現她溫柔嫻靜美女的模樣。

這一晚，當兩人都洗完了澡，東聊西聊學校的八卦、網路上的新聞、還有哪個教授和同學實在很好笑之後，約莫十一點半，她們熄了燈。

在一片黑暗中，小嵐躺在小昕的旁邊，看著上方一大片白色的天花板。

「晚上，真的會聽到聲音嗎？」小嵐的聲音低低的，其實她蠻緊張的。

「嗯，時間上說不準。」小昕把臉埋在棉被下面，聲音微微顫抖著，「但通常在我快要睡著、但又還沒睡著的時候……我就會聽到那聲音。」

「所以，我們要先睡？」小嵐歪頭。

「嗯，先試著睡一下。」小昕說到這兒，忽然，桌上傳來一陣低沉的震動。

「嚇一跳，是什麼？」小嵐轉頭。

「是我的手機。」小昕起身，跑到桌邊看去，此刻房間的電燈已關，只有手機藍白色的光芒，照映在小昕的臉上，小昕的眉頭微微蹙著，十根手指移動，似乎在回著什麼訊息。

等到小昕回完訊息回到床上，又是一陣手機震動聲，這次聲音來源略微不同，小嵐馬上意識到是自己的，於是換她從床上跳起，拿起手機一看。

竟是小龍傳的，「懶妹妹，睡同學家感覺還不錯吧，記得打呼不要太大聲，會唐突了美女。」

「這個笨哥哥。」小嵐忍不住翻白眼，手指快速移動，「不要吵啦，我們要睡覺了。」

「好啦，媽媽剛剛還在抱怨沒人陪她看新聞的凶殺檔案回顧。」

「和她說下次一定陪她啦，晚安，我們要睡覺了。」

「OK，晚安。」螢幕上，小龍又丟了一個笑臉的貼圖。

「笨哥哥，晚安。」小嵐關上手機，但她嘴角卻微微揚起，對小嵐而言，小龍這個哥哥笨雖笨，卻不令人討厭，因爲她知道哥哥是擔心她第一次跑到同學家過夜，所以特地傳了這個有點無聊、卻藏著暖暖關心的簡訊。

當小嵐再次躺回床上，她發現小昕正睜著一雙大眼看著她。

「幹嘛？幹嘛一直看著我？」

「剛剛是男朋友嗎？」小昕眼睛美麗的弧線瞇起，「妳表情看起來很開心。」

「哪是男朋友！是我哥好不好，一個來自資工系大四的笨蛋。」

「妳哥？喔，妳和妳哥感情很好。」小昕微笑著，「晚上還會互傳簡訊。」

「是因為他很囉唆好嗎！等一下，怎麼都是妳在問我，換我來拷問妳了，妳剛剛是和男朋友傳訊息對不對？」

「嗯。」在朦朧的黑暗中，小昕又露出那淡淡的微笑。

「真的嗎？」小嵐小聲的尖叫，「我哥有說，妳和他們隔壁班的籃球隊長在一起，是嗎？」

「嗯。」小昕把頭微微往棉被下面鑽去，像是一隻害羞的小貓。

看到小昕這動作，小嵐頓時做出判斷，小昕同意了？小嵐再次小聲尖叫，「哇，那個籃球隊長是我們大家共同的偶像耶，他又高又帥，功課又很好，而且對女生又是有名的溫柔，一直以為他早就名草有主，沒想到最後竟然和妳在一起，快說，你們是怎麼在一起的？」

「我和他啊，」小昕的聲音，在棉被下面，聽得有些模糊不清，「就是……」

但就在這個「就是」傳來的同時，小昕的聲音卻突然戛然而止。

「幹嘛？」小嵐一愣。

「來了。」小昕的聲音，不再像剛才這樣軟軟柔柔，而是顯得尖銳且慌張。

「什麼來了？」

「樓上的高跟鞋聲音，來了。」

這一刻，小嵐頓時安靜下來，她甚至忘記呼吸，只爲了聽清楚黑暗中是否眞的有清脆的高跟鞋聲音。

安靜，空氣之中，只剩下稀薄的呼吸聲。

稀薄的，呼吸聲。

扣。

那清脆、響亮、尖銳物體敲打天花板的聲音，就這樣在這無聲的夜，迴盪在小昕的房間之中。

扣，扣，扣……聲音規則且毫無頓挫，在天花板之上，慢慢的移動著。

這聲音聽起來，彷彿穿鞋的人，正漫無目的的在五樓遊蕩，從一個角落，慢慢走到另外一個角落，然後又走回另外一個角落。

「又聽到了又聽到了，怎麼辦？」小昕的聲音帶著哭音，「這聲音到底是什麼？到底是什麼？」

「消失的原姐，半夜不停的高跟鞋腳步聲……」小嵐突然用手抓住小昕的手，「會不會有人在樓上惡作劇？」

「惡作劇？」

「他知道這棟大樓的隔音很差，所以故意半夜在樓上穿高跟鞋走動，要嚇妳。」小嵐說。

「那是爲什麼？」小昕不解的搖頭。

「我也不知道爲什麼，但如果眞的抓到那個人，也許妳就會知道了。」小嵐說，「小昕，妳不是有五樓鑰匙嗎？」

「我，我有……」

「那我們上去吧！」小嵐一咬牙，「我們去揭開半夜高跟鞋之謎。」

小昕並沒有拒絕，只是用力深呼吸了兩口，然後就穿上了薄外套，拿起了五樓鑰匙，用顫抖的聲音說，「那，我們一起去。」

「我們有兩個人，雖然都是女生，但是一見到狀況不對，我們就大聲尖叫，然後立刻報警。」小嵐在這裡展現了其大膽的性格，「我不相信有鬼，樓上一定是惡作劇。」

「真的嗎？」小昕看著小嵐。

「放心！一定沒事的！」

「嗯。」小昕用力吸了一口氣，「還好我是找妳，小嵐，我就知道妳最大膽了。」

「走。」

於是兩人就這樣一前一後的離開了小昕四樓的房間，小心翼翼的踏上樓梯，朝著五樓前進。

小嵐走在前面，手裡拿著在小昕房間找到唯一可以當武器的長雨傘，而小昕跟在後面，她緊抓著手機隨時有狀況就要報警，並且準備好一個隨時可以放聲尖叫的喉嚨。

只是，對小嵐而言，當她不斷往上前進時，卻有一種說不上來的奇異感受，彷彿當她踩著樓梯往上時，正一點一滴的踏入某個神祕的界線，界線之後是陰冷的，迷霧的，深邃的另外一個世界。

「五樓到了。」小嵐走完了四樓到五樓的二十六階階梯，明明是帶著涼意的夜晚，卻讓她背部滲出薄薄一層汗，「我們先按門鈴，看有沒有人在？」

「嗯。」

「如果真的有人，他半夜穿著高跟鞋走來走去，擾人清夢，肯定還沒睡，不會吵到他的。」小嵐伸出手指，對著這老舊的米白色門鈴，按了下去。

叮咚。

門沒回應。

小嵐手指伸出，又按了一次。

叮咚。

門，還是沒有回應。

小嵐感受手心微微滲汗，這門後面，到底是有人還沒人？這半夜詭異的高跟鞋聲，到底是從哪裡來的？

「裡面如果有人，他顯然是不想開門。」小嵐轉頭看向小昕，試圖用臉上堅強的微笑來壯膽，「接下來，得靠妳的鑰匙出馬了。」

「這樣……這樣算是闖入民宅嗎？」小昕看著小嵐，小聲的說，「上次我去是沒人，但萬一原姐有室友或是朋友來，我們會不會被報警抓走？」

「唉喔，」小嵐搔了搔頭髮，「現在哪管那麼多！妳不想知道眞相嗎？是誰在半夜一直穿高跟鞋在五樓走來走去？是誰一直吵樓下不能睡覺？就算我們因爲闖入民宅被警察抓了，我們又沒偷沒搶的，頂多也是被罵一頓關上幾天，總好過妳夜夜失眠吧！」

「好像也是。」小昕點了點頭，拿起鑰匙，慢慢的朝著五樓的鐵門鑰匙孔穿了進去。

看著小昕那緩慢的動作，小嵐那股奇異的感覺又來了，她正在某個界線上，鑰匙每往右轉一個卡榫，她距離那陰冷迷霧的世界，又更近了一點。

卡的一聲，鑰匙伸入了五樓門內，然後轉動了門鎖，隨著彈簧跳開的聲音，鎖開了。

鎖一開，門嘎的一聲，自動彈開，開啓了半邊門。

小嵐忍不住吞了一下口水，剛那門開啟的樣子，無論是角度與速度，怎麼有點像是裡面有人親手把門推開？

而這一次，不用小嵐壯膽，小昕已經伸手把門拉開，然後轉身對著小嵐露出淡淡微笑。

「我們進去吧，小嵐。」

看著小昕的微笑，那恬靜優雅的微笑，小嵐莫名的微微發冷，她深吸一口氣，「好。」

這半夜時分，小嵐脫下了鞋，踩入了這五樓房間，走入之前她還不忘說，「抱歉，打擾了。」

慢慢的推門而入，裡面沒有燈，一片深沉的漆黑中，只有月光透窗而入的灰白色光暈，還有月光下隱隱約約的房間擺設。

小嵐發現自己的手心全是汗。

有人？還是沒有人？這麼黑，看不清楚啊。

「我，我開燈了喔。」黑暗中，小嵐小心繞過幾乎沒有鞋子的玄關，用她的手摸到門邊的開關，輕輕的按下。

燈閃爍了幾下，頓時照亮了整個房間。

然後，一片死寂般的靜默。

「沒有人……」小昕的聲音從後面傳來，「房間裡面沒有人，但卻有傳出踩高跟鞋的聲音……」

「不要說了。」小嵐雙手抱著頭，「一定不是這樣的。」

「到底是誰在踩高跟鞋，到底是誰……」

「不對。」小嵐伸手抓住小昕的手，阻止她繼續說下去，「這一切都是可以解釋的！」

「解釋？」

「對，」小嵐呼吸急促，「我看過很多凶殺案，這是故佈疑陣，這一定是故佈疑陣。」

「故佈疑陣？」

「是的。」小嵐左右張望著，試圖從這房間中找到蛛絲馬跡，「從我們聽到高跟鞋的聲音，到走出四樓大門，大概花了三分鐘，這三分鐘足以讓製造聲音的嫌犯逃走！」

「妳是說，他製造完高跟鞋的聲音之後，就立刻打開門衝下樓，以逃過我們的調查？」小昕露出困惑的表情。

「對！就是這樣！」

「但是，小嵐……」小昕神情依然疑惑，「他又怎麼知道我們會上樓？時間可以算得這麼準？就算他衝出五樓往下跑，我們剛從四樓出來，怎麼會在樓梯間沒有聽到任何聲音？」

「我，我……也許他演練過很多次，所以非常熟練！」小嵐已經有些強詞奪理，「他可以快速反應，然後訓練自己腳步完全沒有聲音。」

「是這樣嗎？」

「一定是的，」小嵐開始來回踱步，「現在問題只剩下，這人爲什麼這麼奇怪，要故意整妳？吵到妳睡不著覺？而且他也有五樓鑰匙，所以他和原姐也有關係……」

「嗯。」小昕吐出一口氣，「也許，若眞是這樣，至少不是靈異事件，小嵐，謝謝妳陪我。」

「不，不客氣。」小嵐故作堅強的笑了一下，但她內心確實也有相同的疑問，這件事眞的不是靈異事件嗎？這麼短的時間內，眞的有人能猜測到她們要從四樓上來，並及時從五樓跑過樓梯，不被她們所發現嗎？

「那我們回去了好嗎？」小昕眼睛瞇起，「我愛睏了，謝謝妳來，我今晚一定會睡得比較好的。」

「好。」對小嵐而言，她也是迫不急待的想要離開這氣氛詭異的五樓，於是她跟在小昕的後面，走過玄關，朝著門口走去。

但在她穿過玄關，避開玄關的鞋子，就要離門而去的同時，小嵐動作微微一停。

有什麼地方怪怪的，對，有什麼地方怪怪的，剛剛她從黑暗穿過時，明明覺得玄關很空，爲什麼此刻她要避開鞋子而走？

想到這裡，小嵐就這樣在門邊，慢慢的轉頭，眼睛看向了玄關處。

那裡，多了一雙鞋子。

鮮紅色，美麗且妖媚的，紅色高跟鞋。

「啊！」小嵐忍不住尖叫了一聲。

「幹嘛？」走在前面的小昕轉頭看向小嵐。

「鞋子！這鞋子剛剛有在這裡嗎？這雙紅色高跟鞋原本就在這裡嗎？」小嵐心跳加速，「我記得我剛剛走過來的時候，玄關明明很空。」

「咦？妳看到了高跟鞋了？」小昕眼睛瞇起，看著小嵐。

「對啊，不就是在那裡嗎？」小嵐比著玄關，那一雙又紅又亮、表面像是快要滴出血般的紅色高跟鞋。

「剛剛沒開燈，所以很黑，我沒看清楚。」

「嗯嗯，剛剛是沒開燈，所以很黑，有可能是我沒注意……」小嵐喘了幾口氣，「也許鞋子本來就在這裡了。」

「對啊，鞋子這東西，怎麼可能憑空出現！就像是……」小昕說到這裡，臉上又浮現了那淡淡的微笑，「五樓怎麼可能沒有人就傳出高跟鞋聲呢？是不是啊？」

看著小昕的微笑，小嵐又感到有點發毛，「幹嘛講這樣，我們快點離開五樓啦。」

「這不是妳和我說的嗎？我只是重複而已喔。」小昕依然微笑著，緩緩的踏下樓梯，朝著四樓走去。

於是，她們回到了四樓，而神奇的是，樓上的高跟鞋聲已然停住，夜晚回復成原本的寂靜。

「聲音停了，終於可以好好睡了。」小嵐躺在床上，因爲剛剛氣氛太緊張，一陣強烈倦意襲來，打了一個大哈欠。

「對啊，眞的停了，果然有效。」小昕的聲音從小嵐身邊傳來。

「什麼有效？」

「嘻嘻，沒有啦，就是找妳來陪我啊。」

「嗯。」小嵐已經睏到眼睛睜不開了。

「雖然今晚停了，但如果樓上的那個惡作劇又持續，我一定會睡不著，妳明天可以多陪我一天嗎？」

「明天？明天？明天好像有什麼事？啊，對了。」小嵐又打了一個哈欠，她眞的快要睡著了，「明天我那個笨哥哥說要下午一起拜中元節，說鬼門大開，要拜好兄弟。」

「那晚上呢？」

「晚上應該可以吧。」小嵐側過身子，「我不行了啦好睏喔，我要睡覺了。」

「要記得約定喔。」小昕的聲音又細又長，在黑暗中悠悠傳來，「明天中元節，鬼門大開的時候，要來這裡跟我一起睡喔。」

只是，小嵐已經沒有回應，因爲她已經帶著濃烈的倦意，深深的睡著了。

這一晚，小嵐做了夢。

夢裡，她夢見了原姐，她站在飲料店的櫃檯前，笑容可掬的替客人點飲料，她將長髮束成馬尾，姿態輕盈，口齒清晰，雖然只是短短的點飲料動作，總能做到賓主盡歡。

而許多大學生更爲了能與她說上幾句話，而連日在飲料店排隊，更創下一日三杯，糖分爆表的驚人記錄。

而這一天，一對情侶來到飲料店，男生很高很帥，短髮微捲，笑容陽剛，而他身邊的女孩小鳥依人，溫柔嫻靜，小嵐看不清這對情侶的臉，卻隱隱感覺到自己似乎認識他們，尤其是男孩身邊的女孩。

原姐一看到那女孩，立刻露出熟識的開心笑容，兩人一邊寒暄，一邊點著飲料。

而就在三人歡笑氣氛愉快之時，小嵐的夢境，卻發生了詭異的變化，整個夢的背景顏色從明亮的白變成了深沉灰黑色。這片灰黑色之中，小嵐看見原姐正和那個男生有說有笑，但情侶中的女孩，整個人卻越來越陰沉，越來越黑暗。

笑聲，還在持續。

但周圍的氣氛卻越來越灰暗。

直到，原姐突然大笑，往外走了幾步，走出了櫃檯，而同時間小嵐看見了原姐的腳，正穿著那一雙又紅又亮、引人注目的漂亮高跟鞋。

紅色高跟鞋！

場景快速穿梭，下一幕很快就出現了。這一幕同樣是飲料店門口，卻沒有了那個小嵐熟悉的女孩，只剩下那個高帥短髮微捲的男孩，正在飲料店前點著飲料，一邊點著飲料，一邊和原姐有說有笑。

周圍的顏色，又繼續的變得陰沉。

尤其是，當原姐把飲料遞給了那高帥男孩，他的手指，有意無意的滑過了原姐的手指，而那原姐不但沒有任何厭惡的表情，還咯咯的笑了兩聲，帶著媚意瞪了男孩一眼。

而同時間，小嵐才赫然發現，那女孩並不是沒有出現，而是躲在飲料店前的角落，而女孩的眼神，是如此的怨恨。

場景，再次替換。

這一次，不是在飲料店前了。這一次是在一個擺放著許多豪華洋酒的店，店裡只賣洋酒，裝潢豪華，店裡客人雖然不多，但每個看起來都頗有身分，更有幾個金髮碧眼的外國面孔，而小嵐發現，她熟悉的那女孩，正坐在櫃檯前，顯然是打工的身分。

那女孩愁眉苦臉，顯然因爲某事心情低落。這時，一個身材高大的男子來到櫃檯，說了幾句話。

女孩與那男子似乎早就熟識，他們說了幾句之後，那男子露出微笑，而女孩眼睛則像是聽到了某個新奇的答案般睜大了眼睛；然後，男子留下一張名片，並買下店內其中一瓶昂貴洋酒之後，便離開了。

而女孩還留在櫃檯，看著桌上的名片。

然後，女孩微笑了。

那是嫻靜卻又讓人發毛的，微笑。

想起了，小嵐想起來，這女孩是誰了。

這是小昕的微笑。

小嵐從夢中陡然睜開眼，醒了過來。

此時天色已然泛白，約莫五點左右，而睡在小嵐旁邊的小昕仍在熟睡。小嵐坐起，重重喘口氣，餘悸猶存之下，她回想起剛剛的夢。

這一切到底是怎麼回事？這夢明明是夢，又爲何這麼眞實？小嵐想起，歷史上不少凶殺案多年未解，靠的就是刑警或是路人一個莫名的夢，讓人再次重回命案現場，重新審視案子，最後重新找到蛛絲馬跡。

最後，這個夢讓舊案重啓，懸案因此得以重見天日。

小嵐與媽媽都認爲，這是冥冥中自有注定，但小嵐的爸爸卻有不同意見，他認爲夢是潛意識的具象化，也就是說，做夢者的潛意識早就知道這案子的眞相，但卻朦朧無法具體掌握，於是透過夢將所有的思緒重新整理。

然後透過「夢境」這種與「現實」完全不同的邏輯思維，重新打造案情的形貌，最後，那一條細弱幾乎不可見的線索，才得以從中浮現。

這就是夢。

但這夢究竟是什麼意思？和失蹤多時的原姐？奇異的五樓高跟鞋聲？到底有什麼關係？

想到這裡，小嵐覺得口乾舌燥，她小心翼翼的起身，繞過小昕，走到了小昕的小餐桌處，那邊有著一壺半滿的水，小嵐想要喝一口水潤潤喉。

喝水時，她順手拿起自己的手機，想了一下，打了幾行字上去。

「哥，你說過，小昕的男朋友是你們系上的，也是籃球隊長，你知道他們的感情狀況嗎？」小嵐寫著，「可以幫我問問嗎？」

因為時間尚早，小龍應該還在睡覺，訊息過去，數秒之後仍是未讀。

「呼。」小嵐閉上眼，喘口氣，打算把水喝完，再回去床上躺一下。

但就在此刻⋯⋯

「這麼早就在傳訊息啊？嘻嘻。」

一個聲音，從小嵐的正後方傳來，嚇得小嵐身體跳了一下，急忙把手機螢幕蓋在胸口。

那個問話的人，不知道何時已經站在小嵐的身後，她帶著一貫溫柔嫻靜的微笑，正看著小嵐。

「小昕，妳，妳也這麼早起啊？」

「嗯，謝謝妳，我這一晚沒有聽到高跟鞋聲了，所以睡得比較好。」小昕笑著，「不過，剛剛和妳傳訊的眞的是哥哥嗎？不是男朋友嗎？傳訊息怎麼會傳得這麼勤快？」

「眞的不是啦。」小嵐急忙搖手澄清，「我哥！眞的是我哥！」

「是嗎？」小昕看著小嵐，眼睛瞇起，眼中透著一絲懷疑。

就在此刻，小嵐就怕小昕要求要看手機，雖然可以證明小龍確實是小嵐的哥哥，但卻會讓小昕看見小嵐想要找哥哥調查的事情。

幸好，小昕就這樣瞇著眼睛，看了小嵐數秒，然後再次微笑。

「原來是哥哥喔，那我們早餐要吃什麼？」

「呃，這麼早就要吃？」

「當然啊，我要請妳呢。」小昕帶著撒嬌的語氣說，「但妳要答應我，今天晚上再來陪我，再一天就好。」

「再一天就好嗎……」

「可以嗎？」

「嗯，可以吧。」小嵐決定再答應一次，畢竟要幫就要幫到底，如果五樓眞的有奇怪的人在製造高跟鞋的聲音，那兩個人一起，一定能多點震懾效果。

「太好了！」小昕雙手合十，開心的說，「那我來訂早餐，妳要吃什麼？」

「這麼早有外送嗎？」

「有啊，不過外送的早餐選擇比較少就是了。」小昕拿起手機滑了幾下，「看妳要吃什麼囉。」

「對啊，外送選擇眞的比較少。」小嵐接過手機看了幾眼，「不然，我們去外面吃？」

「好啊。」小昕點頭，「外面有點涼，我拿外套，妳先出去。」

「嗯好。」小嵐點了點頭，原本就穿著薄長袖的她，就朝著房間的門走去，此時正是清晨時分，天色朦朧微亮，所以小嵐沒有開燈，就這樣自然而然的找到自己的鞋子，然後腳尖套了下去。

而就在這套下去的同時，一股熟悉又令她驚慌的既視感，突然湧上心頭。

既視感，是什麼東西的既視感？

然後，小嵐慢慢的轉過頭，看向她背後的地面處。

她的呼吸在此刻停住了。

紅色，幾乎要滴出血的亮紅色，是那雙紅色高跟鞋。

竟然出現在四樓，小昕房間的玄關上。

「幹嘛？」小昕拿著薄外套，來到玄關之處，看著小嵐臉色一片慘白。

「紅色，紅色高跟鞋。」小嵐嘴唇泛白，「它怎麼會出現在這裡？它不是應該在五樓……怎麼會出現在這裡？」

「紅色高跟鞋？」小昕朝著小嵐方向看去，她的表情也在瞬間微微改變了，但她隨即又恢復了一貫的靜謐微笑，「啊，妳說這一雙啊，這是我的，我也有買。」

「妳，妳也有一雙紅色高跟鞋？」

「是啊，和樓上不一樣。」小昕似乎不想多說，開始推著小嵐出門，「我們快點出門，我知道附近有一家肉片土司超好吃，沒有加入外送，只有去現場才能吃到。」

「是嗎？」小嵐拍了拍心有餘悸的胸膛，「那我們快點去吃。」

走之前，她眼睛仍忍不住多看了一眼那雙紅色高跟鞋，這麼透的紅，這麼驕傲孤寂的姿態，這樣的高跟鞋和樓上那一雙不一樣嗎？

這一天早上吃完早餐，小嵐去上了學校的通識課，然後一如和小龍的約定，她回到家裡和全家一起祭拜中元節。

中元節和清明節都是傳統的中國祭祀節日，但兩者祭祀的對象並不全然相同。清明是慎終追遠，祭拜的以祖先爲主；而中元節卻是來自七月鬼門大開，在陽世的人們準備各式食物向徘徊在世間的好兄弟拜拜，並求得未來一年內能與好兄弟和平共處，平安無事。

這一天，他們全家四人聚集到了頂樓，頂樓空間寬闊，可以擺放簡單的祭祀用品，而爲了這個節日，小龍他們家準備了豐富的祭品，對好兄弟拜拜，拜拜之後要燒金紙，一整個流程跑下來，大概也要花上兩、三個小時。

而拜拜時，爸爸特地對其他三人說，「之前聽到算命師父有說，今年我們家四口會遇到『事情』，若可以秉持善心，便會平安度過，這讓我想到之前小龍遇到惡人差點沒命的事情，總算在小阿叔的保佑下平安度過，也幸好小龍是心存善念，想要把手機物歸原主，就這樣讓冤情得雪，也算是好事一樁。」

媽媽、小龍與小嵐同時點頭。

「今天中元節，我們就來好好拜上一拜，請普渡公，好兄弟和好姐妹們保佑我們全家，平安度過這一年。」爸爸說，「小龍來，來點香。」

「好。」小龍回答。所謂的香，是中國文化於祭祀時特有的產物，每根細細如長筷，尾部有香木可握，前頭有燻香當點火時，便會浮現裊裊白煙。

小龍算好香的數目，每人三根，總共十二根，點上了火，當香頭冒出裊裊白煙，再分別遞給其餘三人。

而爸爸則位居中央，舉香過額，以他爲代表唸起祝禱詞。

「普渡公您好，今日中元普渡，弟子特備牲禮、水果、食品供奉普渡，請保佑我一家老小身體健康，外出平安，工作學業順利。」

拜完了普渡公，小龍收齊了所有人的香，一一插在食物之上，如果是米，就插在米堆之中，如果是餅乾，就插入在餅乾與餅乾之間的縫細，據說，以香插著食物，就是讓靈界的好朋友們可以聞著香的氣味，來享用這些美食。

拜完了普渡公，等到香燒到剩下三分之一左右，爸爸再次召集眾人，這一次要拜的是好兄弟。

「各路好兄弟、好姐妹您們好，今日中元普渡，弟子特備牲禮、水果、食品供奉普渡，請保佑我一家老小身體健康，外出平安，工作學業順利。」

只聽到爸爸聲音清朗，心誠意堅，在這獨特的梵香氣息中，四人都不自覺的感到內心平靜，虔心將桌上食物供奉給普渡公與各路好兄弟。

這些禮俗在各地雖然略有不同，小龍的爸爸所記憶的也許和正統稍有遺漏，但相信只要誠心祭拜，靈界朋友們都能感受到心意，好好享用祭品，並且平安度過此年。

「哥！」終於祭拜完成，這時，小嵐忍不住把哥哥小龍拉到一旁，問起了一直記掛在她心中的事。

「幹嘛？」

「我要你幫我問的事，你問了嗎？」

「什麼事？」

「不要裝傻，」小嵐跺腳，「就是小昕和她那個籃球校隊男朋友的事情啊！」

「當然問啦，妳當我是誰？我可是無所不知的小龍呢。」小龍笑，「而且，還有了令人吃驚的發展喔。」

「眞的？什麼驚人發展？」小嵐追問。

「小昕和我們系上的籃球隊長，交往了半年，好像出現了第三者……」

「第三者！」小嵐感到自己心臟一跳，急忙再問，「是誰？」

「第三者是誰？其實我同學也說不太清楚，他是那個籃球隊長的室友，他說這陣子那籃球隊長身邊的女孩子好像換人了，不，應該說，那籃球隊長有時候仍會和小昕在一起，有時候又會和另外一個女孩牽手逛街。」

「另外一個女孩……」小嵐覺得自己的心跳正在加快。

「對啊，另外一個女孩，他說那個籃球隊長雖然外表很帥，但其實根本就是一個渣男，擺明就在腳踏兩條船。」小龍歪著頭，顯然正在努力回憶著當時那同學所說的話。

「那另外一個女孩……有什麼特徵嗎？」

「我哪知道她有什麼特徵！我同學只說，嗯，另外一個女生蠻漂亮的，而且感覺比較成熟一點。」

「成熟一點……」

「對了，我想起那個同學怎麼形容了。」小龍像是想起什麼似的，「他說，那個女孩不只有化妝，穿得也新潮，最吸引他注意的，莫過於她的……那雙亮紅色高跟鞋。」

「亮紅色高跟鞋！」小嵐忍不住失聲叫了出來。

「幹嘛突然尖叫！嚇人一跳。」小龍身體跳了一下，「紅色高跟鞋很奇怪嗎？我同學說那雙紅色高跟鞋蠻搶眼的，又紅又亮，要不是那個女生夠漂亮，還眞的駕馭不了那雙鞋呢。」

「紅色高跟鞋，紅色高跟鞋……」小嵐則像是聽不到小龍說話，只是喃喃自語，「難道，我的夢是眞的？搶了小昕男朋友的，眞的是原姐？」

「原姐？那是誰？」小龍不解的看著小嵐。

「如果夢是眞的？原姐和小昕竟是這種關係？」小嵐感到背脊發涼，緩緩的走下樓。

當小嵐搖搖晃晃的下樓，小龍見狀，急忙喊了起來，「喂！臭小嵐，這些拜拜的東西要收啦！妳不要丟給我一個人收，很多耶！」

但小嵐完全沒有聽到小龍從後方傳來的無奈咆哮聲，她只是緩緩的走下樓，小昕如果和原姐是情敵關係，那應該非常痛恨對方，小昕又爲什麼這麼擔心原姐？原姐失蹤之後還特地傳訊息給她？

原姐是眞的失蹤嗎？還是只是不想理睬小昕？如果原姐沒有失蹤，那半夜不斷傳出的高跟鞋聲，會是原姐刻意踩出來的嗎？只是她又如何在這麼短的時間內離開五樓？而小昕找上了小嵐，眞的只是因爲害怕樓上的聲音嗎？

想到這裡，小嵐隱隱覺得，一切謎團似乎都集中到了原姐身上。

她究竟是不是失蹤？如果是失蹤，又失蹤到哪裡去了呢？

於是，小嵐如遊魂般順著樓梯走下，完全不顧背後小龍的哀號，但就在她走到樓下沙發旁，那裡有一個他們家專門擺放鞋子的鞋櫃。

她的瞳孔在一瞬間，陡然收縮，因爲她又出現了熟悉的既視感。

有東西在鞋櫃旁。

深紅色，明亮的，帶著優雅卻詭異曲線的，高跟鞋。

「啊！」小嵐叫了一聲，往後退了一步，「高跟鞋！這裡也有深紅色高跟鞋！」

而小嵐的尖叫，頓時引起正在旁邊剝菜的媽媽的注意，「妹妹，妳幹嘛沒事叫成這樣？」

「媽，那裡，那裡有紅色高跟鞋！」小嵐手指顫抖，比著鞋櫃旁邊。

「紅色高跟鞋？」媽媽放下手上的菜，起身朝著鞋櫃那裡瞧了幾眼，蹲下身子，拿起了一雙鞋，「妳說這一雙啊？這是老媽我前天去跳土風舞的舞鞋啦，很漂亮對不對，我也覺得不錯，但眞的要穿出去，有點太紅了啦，老媽有點年紀了，有點太風騷了哈哈哈。」

「是，是老媽的跳舞鞋嗎？」小嵐稍微調勻了呼吸，同時再仔細端詳老媽手上的舞鞋，顏色也是紅色沒錯，但卻與剛剛看起來不太一樣。

原姐的高跟鞋更紅更亮，那是表面像是有滲出點點鮮血般、令人難忘的紅。

而且原姐的高跟鞋的鞋跟更高，鞋體更爲瘦長，那是一種孤高的冷豔。

和媽媽這一雙跳著土風舞時展現喜慶氣氛的紅色高跟鞋，完全不同。

自己爲什麼會看錯呢？是因爲昨天在小昕家睡不好，所以導致心神渙散嗎？

「媽媽就跳那一次土風舞，後來都沒穿了，給妳，要嗎？」媽媽把手上的高跟鞋上的灰塵抹了抹，「一直不穿有點浪費，妳們年輕女生比較適合這種顏色。」

「才不要！我不要穿紅色的高跟鞋，我喜歡穿運動鞋。」小嵐搖頭，小嵐和媽媽因爲都是家裡女生，所以時常互送一些女生的飾品衣物，當然也包括鞋子。

對於媽媽而言，這鞋一直不穿眞的浪費，送給小嵐最好，於是又開始熱情推銷起來。

「是喔，不然我跳土風舞還有一雙……」媽媽打開櫃子，就要翻找，這時一條小小的金屬噹的從鞋櫃角落掉了出來。

「咦，媽媽，這是什麼？」小嵐被這金屬反光所吸引，低身撿起。

「啊，這是……這是我跳土風舞戴在腳上的飾品，有點老氣，但挺漂亮的吧。」媽媽歪著頭，「那時候跳完土風舞就找不到，沒想到和鞋子掉在一起啊。」

「老氣嗎？」小嵐拿起這個類似手鍊的飾品，其外觀閃爍淡金色光芒，看起來確實像是十幾年前的金飾，戴在手上也許稍微老氣，但如果戴在腳上呢？

想到這裡，小嵐彎下腰，把這個手鍊套在自己腳踝上，果不其然，古樸的風格和小嵐白晰的腳踝意外的搭配，讓小嵐的腳成為目光焦點。

「媽，妳的高跟鞋我不想要了，但這鍊子可以給我嗎？」

「當然可以，如果妳不嫌它是妳阿媽從小叔公那裡……」

「小叔公？」

「沒事。」媽媽微笑，「這條鍊子，我跳土風舞的時候戴過，眞的不錯看。」

「謝謝。」戴上腳飾，小嵐原本鬱悶的心情稍微舒緩了。她坐回沙發椅，吐出長長一口氣，揉了揉眼睛，幸好再去睡一晚就好，明天就可以回到自己髒髒暖暖的小窩睡覺了。

「妹啊，妳的臉色不太好欸。」媽媽坐回小嵐的身邊，繼續挑起她的菜，「妳最近比較累是嗎？」

「嗯，昨天沒睡好。」小嵐打了一個哈欠，「而且今天晚上還要去陪同學一個晚上。」

「男生？女生？」

「是女生啦，媽妳別擔心啦。」

「看妳精神這麼差，不然明天晚上回家陪媽媽看一部劇。」媽媽說，「最近網路很紅的……那個什麼被害人的。」

「台劇《誰是被害人》？」

「對啊！」媽媽語氣興奮，「這就是標準的凶殺案啊，妳陪媽媽看？」

「我又不喜歡看凶殺案。」小嵐口是心非的說了一句，「好啦，我回來一起看，但是……」

「但是怎麼樣？」

「不准先看！」小嵐看著媽媽，做出嚴肅表情，「就算先偷看了，也不准爆雷！」

「好好好，」媽媽舉起雙手，「不爆雷，等妳回來。話說回來，妳戴著妳小叔公的那條鍊子，還眞不錯看。」

「小叔公？」

「沒事。」媽媽又開始低頭挑菜，「要去同學家的話，快去吧。」

這一個晚上，小嵐又到了小昕的宿舍。

「妳的宿舍比較冷喔？」小嵐雖然穿著薄外套，還是摩擦了一下手臂。

「有嗎？」小昕跟在小嵐的後面，嘴角微微上揚，又是那個靜謐的微笑，「我覺得還好啊。」

「昨晚太晚睡了，今天得早點睡。」小嵐一邊說，一邊從包包裡面拿出一副撲克牌，還有幾包剛剛拜完後的餅乾，「來吧，我們來殺點時間，然後早點睡覺吧。」

「當然。」小昕點頭。

這一晚，就在小嵐和小昕打了幾場撲克牌、幾次棋、看了幾部好笑的劇、吃完了兩包餅乾時，緩緩進入了十一點。

樓上，非常的平靜。

沒有詭異的高跟鞋聲，沒有突然出現的紅色高跟鞋，除了冷了一點以外，小嵐幾乎沒有感覺到任何異狀。

「準備睡覺了。」小嵐刷完了牙，躺到床上，把棉被蓋上，拿著手機回了幾個訊息。

其中還包括小龍哥哥那囉唆的關懷訊息。

「懶妹妹，媽媽叫妳不要忘記明天回家一起看劇。」

「知道啦。」小嵐回訊息。

「媽媽還問，那條鍊子戴得還習慣嗎？會不舒服嗎？」

「還好耶，沒什麼感覺。」小嵐下意識去摸了一下腳踝處的那條鍊子，「你不說，還眞的忘了它的存在。」

「ＯＫ。」

「對了，如果要看劇，如果今天晚上媽媽偷看，拜託不要爆雷。」

「妳自己和媽媽說啦。」小龍回訊息，「我是妳們的傳聲筒嗎？」

「你自己知道就好，你就是傳聲筒小龍。」小嵐忍不住微笑，她幾乎想像小龍氣得跳腳的樣子，哥哥小龍就是這樣，有一點點愛管閒事，但卻也是他很可愛的地方，絕對不會棄別人於不顧。

「妳和妳哥的感情眞的很好耶。」小昕也梳洗完畢，準備要就寢。

「才怪，他眞的超愛管的，根本就是管家婆。」小嵐把手機放到床邊櫃上，伸了伸懶腰，「那我們睡覺囉。」

「嗯，關燈了。」小昕伸手，把房間的燈光卡一聲切斷。

當房間陷入一片黑暗，小昕開口問了她一直想問的問題。

小昕那柔細的聲音傳來。

「小嵐，妳相信鬼嗎？」

「相信鬼？」小嵐搖頭，「我雖然愛看凶殺案，也相信冥冥中自有注定，但我沒有碰過鬼，所以我不知道。」

「我本來也是不信喔，一直到我遇到了那個奇怪的人，是他告訴我運用鬼神力量的方法。」小昕的聲音在黑暗中，微微揚起，彷彿臉上浮現了笑意，「而我用了之後，才知道鬼神力量竟是如此神奇。」

「神奇？」小嵐忍不住把棉被往上拉了一拉，這房間是不是變冷了啊？

「是啊，只是鬼神力量必須有始有終，」小昕慢慢的說著，「而我相信，它要結束了。」

「什麼意思？聽不太懂。」

「聽不懂……沒關係，快要懂了。」小昕的聲音越來越遠，越來越低，「就像是原姐的行蹤一樣。」

「原姐的行蹤？」

「是啊，沒有人找得到她的，沒有人。」小昕雖然沒有笑聲，但小嵐卻知道，小昕此刻在笑。

那靜謐而詭異的微笑。

「小昕……」

「晚安了，小嵐，好好的睡覺吧，這一晚，好好的睡覺吧。」

當小昕說著這話時，小嵐突然覺得睡意湧現，那是如同深淵般的睏意，瞬間就把小嵐完全吞噬，吞入了無邊無盡的黑暗之中。

這一晚，小嵐又做了夢。

夢中，一個女子雙手雙腳被捆著，漂浮在一片冰冷而深藍的水中。

女子的面容模糊，只有長髮隨著水流漂動，而小嵐能感覺到她很冷，那是深潭之底的溫度。

「我好冷……」女子開口了。

「妳是誰？」小嵐感覺到自己雖然沒有眞的見過這女子，卻認識她。

「我眞的好冷……」女子呻吟，那是極度冰冷之下的呻吟，「好冷啊……」

「我，我怎麼幫妳？」

「我是被殺的，我是被她殺的，她說要找我聊聊，她說她知道那男人的心已經不在她身上，她只想要一個乾淨俐落的結束，於是她找了我。」那女子的聲音飄飄忽忽，給小嵐一種打從心底的冷。

「妳告訴我，妳是誰？」

「我喝了她的飲料，我昏了過去，然後，我就被帶到了這裡，丟入水裡，活生生的溺死了。」那女子又開始呻吟，「好冷，這裡眞的好冷啊。」

「妳是誰？」

「她在我身上貼了奇怪的紙，紙上有符，只要符不被撕掉，就不會有人發現

我，但也因爲符咒在，我的怨氣不會散。」那女子的長髮在深藍的水中漂動著，

「冤氣不散，遲早會反撲，於是她要做一件事。」

「妳到底是誰？我知道妳，但我想不起來！」小嵐在夢中，思考一片混亂，她知道自己識得這個女人，但她偏偏喊不出她的名字。

「她必須在中元時，找一個人承接我的冤氣，那個人會是替死鬼，會是她的替死鬼！」

「妳，妳……」

「我是誰？咯咯。」

「妳是誰？」

「妳看看我的腳下，就知道我是誰啊。」

腳下？小嵐把目光緩緩的往下移，在這片鬱藍色的冰水中，她看見了它，就算周圍如此晦暗，視線如此模糊，仍掩不住它那獨特的紅。

那幾乎要滴出血的豔紅色。

高跟鞋！

那一雙豔紅色高跟鞋！

原姐！小嵐放聲尖叫起來，妳是原姐！穿著紅色高跟鞋被殺害的，原姐！

當小嵐放聲尖叫，陡然睜眼，就要從床上坐起，突然她感覺到異樣。

那就是她的雙腳緊緊的，粗粗沙沙的，那是被什麼皮狀物包覆的感覺。

「我的腳被穿了什麼？」小嵐驚慌之餘，撥開棉被，往自己的腳上看去。

然後，她看見了。

在她床邊，一個女子，披頭散髮，正蹲在床尾邊緣。

那是小昕。

她雙眼血紅，臉上卻帶著笑，靜謐而陰森的微笑。

而她的雙手，正把手上那隻紅色高跟鞋，緊緊的套入了小嵐的腳上。

套上了。

「小昕！妳在幹什麼！」小嵐尖叫，隨著她雙腳被高跟鞋緊緊套上，她感到腳底傳來某種又冷又冰的感覺。

像是冬天踩入了冰冷的河水中，而且一步一步往水底深處踩了下去。

冰冷的感覺從腳底往上蔓延，經過腳踝、小腿、膝蓋，然後不斷往上。

「妳可知道要找到妳當我的替死鬼，相當不容易呢。」小昕蹲在床尾，笑得好陰冷，「要像妳一樣傻傻的，別人找妳妳就會幫忙，還不可以太胖免得穿不下這雙該死的高跟鞋。」

「小昕！妳到底對我做了什麼？妳對我做了什麼!?」當冰冷感覺爬到了小嵐的咽喉，她感覺到自己全身痙攣，身體開始移動起來。

「對妳做了什麼？嘿嘿，我來告訴妳，鬼到底是什麼？」小昕慢慢起身，「就像那個人教我的，冤氣得找個人頂替，不然會纏著我啊。」

「冤氣!?」小嵐感覺到冰冷已經淹沒了她的口鼻，然後她無法控制的自己起身。

不，那不是小嵐自己起身，而是高跟鞋拖著她從床上起身。

然後扣扣扣扣的，高跟鞋開始跳了起來。

高跟鞋每踩一下，小嵐只覺得一股痛感從腳底往上傳來，那是足以撕裂神經、足以折斷骨頭的劇痛。

「就這樣，踩著高跟鞋，」小昕慢慢往後退，「和原姐一樣，無聲的死去吧。」

「不要！」小嵐想要放聲大叫，卻發現冰冷的感覺淹沒了她的五官，讓她連大叫都沒有辦法。

「乖乖的當我的替死鬼吧！」

而小嵐想要大哭，卻什麼都哭不出來的時候，忽然，床頭櫃的手機亮了一下。

那是訊息傳來的光亮。

光亮之中，又是小龍的訊息。

「對啦，我知道這時候又傳簡訊給妳，妳又會罵我囉唆，但這是媽一定要我傳的。她說，她沒和妳先講，怕妳會生氣，那就是那條鍊子，其實是小叔公過世的遺物之一啦，妳不會忌諱吧，如果忌諱，明天回家就還給媽媽，記得好好保管。」

這條鍊子，其實是小叔公過世的遺物之一。

然後，小嵐感覺到，這一陣令她窒息的冰冷之中，竟有一處仍維持著溫暖。

腳踝。

帶著鍊子的腳踝處，依然溫暖著。

而且，溫暖開始放大了，從腳踝處往全身散播開。

「發生了什麼事？」小昕感覺到小嵐的動作突然發生了異樣。

小嵐的動作不再僵硬，反而像是消了氣的氣球，身體鬆軟下來，不只如此，當小嵐全身軟倒，那緊緊套在她雙腳的豔紅高跟鞋，竟然咚的一聲，自己脫落了。

脫落了？

小昕的神情滿是驚駭。

「怎麼會這樣？他說只要在中元的時候套上去就搞定了啊！他沒說如果掉下來該怎麼做！」小昕全身顫抖，急忙轉身拿起手機，「對，我再問！我再問！」

而小嵐全身鬆軟，意識飄忽，卻在這飄忽的意識中，她彷彿聽到了耳邊傳來了一個女子聲音。

這聲音，和她在夢中聽到的一模一樣。

『給……她……穿……』

給她穿？什麼意思？

『給……她……穿……』

這一秒，小嵐似懂非懂的抓起了地上的紅色高跟鞋，然後撲向了小昕，小昕的電話打到一半，正在等待接通。

一團混亂之中，小嵐根本沒有辦法抓到小昕的腳，但她卻彷彿看到這雙鞋有了自己的意識，像是有磁性般，吸住了小昕的腳，然後卡卡卡的聲音，高跟鞋緊緊的穿入了小昕的腳中。

看見小昕穿上了紅色高跟鞋，小嵐虛脫的坐倒，而小昕神情無比驚恐，五官扭曲，已經不復原本溫柔嫻靜美女的模樣。

「混蛋！妳這賤女人！妳這垃圾無大腦的笨女人！妳對我做了什麼！」小昕尖叫著、咆哮著，披頭散髮有如惡鬼。

而同時間，她腳下的高跟鞋，開始動了。

一步一步，扣扣扣的，開始走動了。

每走一下，都是足以折斷小昕腳骨的劇痛。

而且，高跟鞋開始往外走，帶著小昕開始往門外走去。

也在這時候，小昕手上的手機卡的一聲，通了。

「喂。」

「喂！」小昕聲音又尖銳又可怕！「我……」

「嗯……」對方直接說話了，「妳失敗了。」

「快救我！快想辦法救我！你不是什麼都懂嗎？」小昕聲音尖銳，有如惡鬼嘶吼，「快救我！好痛！好痛啊！」

「啊，妳不只失敗了，還把那雙高跟鞋穿上了啊。」對方聲音如此冷靜，甚至可說是冷酷，「妳可是冤咒之主啊，妳一穿上就沒救了。」

「什麼沒救？什麼沒救!?你說清楚啊！」小昕每說一句話，都要承受高跟鞋踩踏一下的劇痛，「快給我說清楚！你這混帳！」

「就是沒救了啊。」那人的聲音，冷酷得讓人害怕。

「你這混蛋！這一切都是你教的！你還敢這樣說！」每一下高跟鞋踩踏，都讓小昕痛苦的尖叫，她甚至聽到自己腳骨迸裂的聲音，「不，不，求求你救我，我會死，我會死的。」

「死？」對方嘿嘿笑兩聲，「死，可能還舒服點呢。」

「啊啊啊啊！」小昕放聲尖叫，尖叫聲中，她已經被高跟鞋帶著，走到了門外，然後持續咔啦咔啦的聲音中，小嵐知道小昕正踩著那高跟鞋走著樓梯往下而去。

小嵐知道那種劇痛，光是踩在平地就如此可怕！如果再加上走樓梯……這痛小嵐完全不敢想像。

只是小嵐沒有聽到的，是小昕手上手機被掛斷前，對方的最後一句話。

「又是你啊，明明就死了這麼多年，還是繼續誤我的事啊。」那人聲音陰沉，「萬乘老友。」

當小昕被這豔紅色高跟鞋給硬是拖走，小嵐也不敢在這房間內久留，她急忙收拾了自己的衣物，然後頭也不回的離開了這裡。

至於小昕究竟去了哪裡？小嵐過了整整一個禮拜才在電視新聞上看到。

新聞的內容，是失蹤多時的飲料店女子屍體被尋獲，被丟棄在深山的小溪中，那是一個原本極難被發現的棄屍地點，卻因爲同爲女性的凶手在棄屍地點遊蕩，而被附近採山筍的農夫注意到，進而報警，發現了小溪內藏著一具冤死的屍體。

不過，當記者氣喘吁吁的爬上了山，想要採訪那農夫時，那農夫卻是拼命搖頭。

「有夠奇怪的啦。」

「哪裡奇怪？」

「就是那個凶手啊。」

「凶手怎麼樣奇怪？」

「這裡很深山耶，連我開車都要花半小時才能上山，但那個凶手，那個年輕的女生啊。」

「怎麼樣？」

「竟然是穿著高跟鞋走上來的耶。」農夫說，「我不知道她走了多久，但她連交通工具都沒有，就這樣走到了那裡。」

「哇，穿著高跟鞋走到山上？」

「對，」農夫左右張望，顯然頗爲驚恐，「而且那高跟鞋好紅。」

「紅色的？」

「像血一樣的紅。」

「呃。」

「我發現她的時候，她像是在山上跳舞一樣，穿著高跟鞋不斷跳著，從她跳的樣子來看……」農夫嘴唇微微發白，「她的雙腳骨頭都已經反折，但她還是不斷跳著，像是一個玩具人偶沿著屍體的河跳著，就算是白天看到，還是很毛。」

「很毛啊！」

「對啊，」農夫點頭，「而且她不只跳舞，她還邊哭邊笑，唱著一首像歌又不像歌的東西……」

「唱……唱歌？」

「穿上我的鞋，讓它帶你找到我，啦啦啦，猜猜我在哪？我在河底下。穿上我的鞋，讓它帶你跳舞，啦啦啦，猜猜誰殺我？是你，穿鞋的人，就是你，穿鞋的人。」

「哇！連歌都這麼毛啊！」

「是啊，我就是聽完歌，朝河底一看，乖乖不得了，河裡面竟然有一張臉，眞的是一具屍體啊！」

新聞看到這裡，小嵐忍不住嘆了一口氣，關上了電視，她已經不忍心再看下去了，但這案子雖然已經找到了屍體與凶手，也釐清了殺人動機，警察仍舊在這案件上備註了一個疑點。

那就是，這凶手不過是二十出頭的女孩，她是如何完成這麼縝密的殺人棄屍計畫？又用了什麼交通工具把屍體丟棄到深山河中？且運送過程中無人發現？若不是凶手自己暴露了屍體位置，這殺人藏屍案可能永遠不會被破解，最後成爲一個黑白的失蹤人口照片。

所有跡象都指向了共犯兩字，只是當指到了此處，卻又像是墜入五里霧中，什麼線索都找不到了。

不過，如果這共犯是如此可怕的犯罪者，他不會就此停手，他仍會繼續……繼續在幽冥與人界中蟄伏著，等待下次人心惡念的蠢動，然後，隨之出手。

所以，事情還沒有結束。

肯定還沒有結束。

第二篇

隔壁來了隻大凶

星子

1.

一張張或方或圓、大小不一的桌子，排滿整個社區公園。

桌子上擺著各式各樣的零食、冷飲、菜餚和冥紙。

大人們聚在桌邊，等待普渡儀式開始，七嘴八舌聊著同一件事——

這陣子鄰里上兩戶人家的糾紛。

兩戶人家分住同棟公寓三樓和四樓。

兩戶人家搬進同棟公寓都不到半年。

四樓夫婦新來乍到幾個月，便已成爲街頭巷尾人盡皆知的惡霸夫妻。惡霸老公自稱是某幫派角頭遠房親戚，平時沒有固定工作，時常因爲停車等生活瑣事與左鄰右舍摩擦衝突——那夫妻一人一輛機車，輪流佔著樓下一塊空位，不讓他人停車，附近有些鄰居，戲稱那空地就像是被惡霸夫妻強佔下的「領土」般。

三樓屋主長年居住外地，將主臥套房出租給一位單親媽媽。

單親媽媽如芸年紀約莫三十出頭，有個九歲女兒小莘，平時身兼數份工作，早上上班時順便送小莘上學，傍晚小莘放學自行回家，直到深夜，如芸才下班返家。

母女倆剛搬入三樓套房的前幾週，還與四樓惡霸夫妻相安無事，那時惡霸老公對如芸可是禮遇有加，有時見如芸返家時找不到停車位，還會將老婆機車牽去他處，讓如芸將機車停入他家「領土」，甚至三番兩次在巷口等候如芸下班，說想請她唱歌、吃宵夜、喝兩杯。

起初幾次，如芸還能夠笑著拒絕。

但次數多了，如芸的笑容也漸漸僵硬疲乏。

直到某晚，如芸工作上犯了點錯，被主管臭罵一頓，身心俱疲的返家，見那惡霸老公再一次神情猥瑣的站在他預留出車位的「領土」前，對她招手，可連笑容都擠不出來了，她對惡霸老公的招呼視若無睹，默默停車，走向公寓。

惡霸老公笑呵呵的說妻子外出和朋友打麻將，自己準備了酒菜邀她上門一起享用。

她說女兒在家裡等她回家。

他要她把女兒帶來一起吃宵夜，說反正她女兒和他兒子年紀差不多，兩家說不定可以結爲親家，他說什麼也要和親家母喝上一杯。

她終於惱火的叫他別再騷擾她了，她不想和他吃宵夜唱歌看午夜場，她對他一點興趣都沒有，她女兒也對他兒子一點興趣都沒有。

他握住她手腕，氣呼呼的問她怎麼這麼不給面子。

她大力甩開他的手，說他再碰自己一下，就要報警了。

他要她立刻把車牽走，以後再也不准將機車停入他的「領土」。

她二話不說轉身牽車，他氣急敗壞的罵她不識抬舉。

兩人短暫的爭執過程，全被幾個聚在樓下閒聊的大嬸瞧得一清二楚，很快便輾轉傳入惡霸妻子耳中。

四樓惡霸家爲此上演了一場轟轟烈烈的內戰，吵得左鄰右舍連續幾天幾夜都不得安寧。

內戰結束之後，惡霸夫妻似乎達成了共識——一致對外。

惡霸老婆開始敲鑼打鼓的質問如芸爲何勾引她老公。

如芸起初置之不理，接著她受不了那惡霸老婆三番兩次深夜敲門找她理論，便報了警。

警察來訪數次，惡霸夫婦的騷擾開始化明爲暗，有時在深夜撥打無聲電話騷擾如芸，有時深夜下樓買菸酒時順便踹如芸家鐵門幾腳，有時兩夫妻喝得興起，還會拉著兒子一齊在家跺地跳舞。

那惡霸夫妻的兒子有樣學樣，每天放學回家，都會往如芸家信箱和門縫裡塞些垃圾。

這樣零星瑣碎的騷擾持續了好一陣子，如芸日漸憔悴，她擔心的並不是深夜跺腳聲和無聲電話，又或是門縫被塞垃圾之類的惡作劇，而是女兒放學和她下班返家這數小時的時間差。

直到某天，如芸帶著蛋糕下班返家，要替女兒小莘過生日，剛進公寓，便聽見上方傳來那惡霸老婆的咆哮吼叫聲。

她本以爲是惡霸老婆騷擾她女兒，急急忙忙奔上三樓，卻見到惡霸老婆的目標不是自己家，而是對門周家。

周家一家五口都擠在陽台，周太太拉著周小弟，比手劃腳的和前來處理的警察說明糾紛經過。

那惡霸老婆則不停叫囂，見如芸上樓，立時將砲口對準了她，說如芸不但勾引別人老公，生個女兒也是小婊子，慫恿周家小弟打斷她兒子的手。

如芸聽事情和小莘有關，可急沖沖開門進屋，只見小莘紅著眼眶坐在客廳，額頭上腫了個大包，細問之下，這才知道從前幾天開始，小莘每天放學返家，都會在樓梯間被年紀相仿的小惡霸攔下討要過路費，有時十元、有時二十元，她若不從，便會被小惡霸推打或是掀裙子。

今天小莘返家時，剛好碰上周家小弟，兩人一前一後上樓，周小弟走在前頭，她跟在後頭。

守在樓梯轉角的小惡霸，先是側身讓周家小弟上樓，跟著攔下小莘，向她攤攤手，示意今天過路費上漲到了五十元。

小莘從口袋掏出十元，說今天只剩這些。

小惡霸收下十元，說還少四十元，動手要搶小莘書包，說她書包肯定還藏著錢，不時還伸手拉扯小莘裙子，兩人拉扯一陣，小莘額頭撞上牆壁，放聲大哭起來。

那時本已上樓的周家小弟，卻奔下樓來，蹦了個老高，一記飛踢踹在小惡霸臉上，將小惡霸踢得摔滾下樓，啪嚓一聲撞斷了手，嚎哭聲響徹整棟樓。

惡霸老公在家裡被兒子哭聲驚醒，急忙送兒子上醫院打石膏。

惡霸老婆在麻將桌上收到了老公電話，先趕去醫院，再氣急敗壞的殺去周家討公道。

然後周家報了警。

如芸返家時，警察才抵達不久。

如芸得知女兒被小惡霸這麼騷擾，盛怒之下衝出門，揪著那惡霸老婆頭髮連甩她三、四個巴掌，說他們一家再敢騷擾自己女兒，自己絕對要跟他們一家拼了。

兩名年輕警察花了九牛二虎之力才拉開扭打成一團的兩人，還召來更多同袍支援，將所有人全帶回警局問了個清清楚楚。

由於三家人都動了手，在警方調解下，最後誰也沒告誰，悻悻然地各自返家。

此後每日，入夜後莫名跺腳聲持續依舊，惡霸夫婦和小惡霸下樓經過兩家人門前，隨手按按電鈴、拍拍門、塞點垃圾之類的舉動，也從未停歇。

如芸和周家倒是達成了共識，小莘每日放學之後，和周家小弟在捷運站出口會合，一同返家，彼此有個照應。

接著，來到了暑假。

再接著，暑假快結束了。

然後就到了今天，中元普渡。

2.

「惡霸一家有來參加普渡嗎？」一個里民隨口問。

「有喔。」另一人沒好氣的說：「剛走不久，丟幾包便宜零食在桌上，扛走兩盒水果禮盒，有人跟他們說儀式還沒開始，還不能拿，差點被打……」

這兒社區普渡算是半公益，規矩是左鄰右舍自發提供祭品，待儀式結束後，先讓里辦公室挑揀祭品米糧泡麵水果，分發給里上清寒家庭和育幼院，剩下的祭品才開放參與民眾挑揀攜回。

那惡霸夫妻新來乍到，倒是一點也不客氣，隨意擺幾包零食，不等普渡儀式開始，就自行扛走高價水果禮盒——儘管大家看不順眼他夫妻倆惡劣行徑，卻也只能背地埋怨，誰也不想變成惡霸一家的下一個惡整目標。

「那……那單親媽媽呢？有來普渡嗎？」

「不知道，沒看到她。」

「她看起來很年輕呀，年輕人沒這習慣吧……」

「那麼年輕，就有這麼大的女兒，怎麼回事啊？」

「還能怎麼回事！肯定是家裡沒人管，小小年紀就在外面跟壞男人鬼混，搞大了肚子又被男人拋棄，不得已只能生下來啦。」

幾個街坊鄰居七嘴八舌的聊起如芸。

「喂喂喂……妳們小聲點，她人在旁邊啊……」有人壓低聲音提醒，其他人立時四顧張望，只見單親媽媽如芸就站在不遠處一張折疊桌前，兩個眼圈烏褐浮腫，像是長期睡眠不足，正從鼓漲漲的大購物袋裡取出幾包零食，與對門周太太家供品擺在同一桌。

周太太站在如芸身旁，皺眉瞪著幾個說人閒話的街坊鄰居，顯然聽見了他們剛剛談話。

幾個鄰居心虛的撇開視線。

如芸擺妥供品，牽著小莘轉身返家，似乎不打算和眾人一齊進行普渡儀式。

「阿姨、小莘——」周家小弟追上母女倆身後，不解問：「晚一點可以挑零食帶回家耶，妳們不挑嗎？」

「不了。」如芸微笑搖搖頭說：「我在家裡也準備普渡，要趕快回家洗菜煮飯喔。」

「是喔……」周家小弟望著小莘，「那小莘可以留下來挑零食嗎？」

「我不放心她一個人在外面……」如芸搖搖頭，苦笑望了自家公寓一眼，「你也知道我們樓上……」

「好吧……」周家小弟點點頭，從口袋掏出一袋糖，遞給小莘，「這是我爺爺做的薑糖，鬼月吃了保平安，給妳。」

小莘轉頭望向如芸，像是等待媽媽許可，見媽媽點點頭，這才伸手接下。

「跟家瑋哥哥說謝謝啊。」如芸提醒小莘。

「他和我一樣大，都是三年級升四年級，爲什麼我要叫他『哥哥』？」小莘儘管這麼說，還是向周家小弟周家瑋點頭致意，「謝謝。」

「我比妳大三個月呀，不過妳不用叫我哥哥沒關係。」家瑋咧開嘴笑，嘴裡還滾著一枚薑糖，語音有些含糊不清。

「也替我向爺爺說謝謝。」如芸笑著摸摸家瑋的頭，向遠處周太太點點頭，帶著小莘返家。

途中小莘回頭，見到家瑋站在原地望著她，還朝她揮手。

「他該不會喜歡妳吧？」如芸隨口問小莘。

「什麼啊，妳不要亂講！」小莘急惱搖晃媽媽的手。

「家瑋長大之後應該是個好男人吧。」如芸說。

「他是不是好男人關我什麼事。」小莘皺眉說。

「如果他長大沒有學壞，有穩定工作，還向妳求婚的話，媽媽答應妳嫁給他。」如芸微笑說。

「妳說什麼啦！」小莘甩開媽媽的手說：「誰要嫁給他啦！」

「人家救過妳耶。」

「那又怎樣……媽媽妳一直提他幹嘛啦！要嫁妳自己嫁，我才不嫁。」

「到時候媽媽就是老太婆了，還是妳嫁啦。」

「煩耶！」

母女倆笑鬧走回自家公寓，剛打開大門，嗅著樓梯間那股熟悉的菸臭味，氣氛頓時墜至谷底。

小莘等待媽媽取出手機開啓錄影功能，這才默默跟在媽媽身後上樓。

母女倆一句話也沒說，走到三樓自家門前。

那惡霸老公倚著通往四樓的樓梯轉角牆邊抽菸，不懷好意的瞅著母女倆，見到如芸手裡拿著手機，呵呵笑說：「幹嘛？偷偷錄影喔，幹嘛不好意思，又沒不讓妳拍，來來來，拍我拍我啊。」

「……」如芸也不理會，取出鑰匙開門，先讓女兒進門，自個兒站在門外，神情冷然的對那惡霸老公說：「昨天我機車座墊又被人割破了……」

「什麼？是誰這麼壞故意破壞人家機車啊？」惡霸老公瞪大眼睛，浮誇的說：「怎麼有這麼壞的人啦，壞死了壞死了啦，哈哈哈！」

「我希望他別再繼續做這種事了，現在停手還來得及……」如芸冷冷的說：「不然他一定會後悔……」

「那妳加油啊。」惡霸老公輕佻的吐了口煙，「要好好努力讓他後悔嘿嘿。」

「……」如芸不再答話，進屋關門，提菜上廚房清洗整備，不時低聲呢喃：「你自找的……不要怪我……」

晚上九點多，母女二人並肩坐在客廳廳桌前吃著加蛋泡麵。

小莘不時轉頭望向不遠處的餐桌，餐桌上擺著豐盛的八菜一湯和一碗飯。飯上插著三支燒盡了的香腳，飯粒上落著一層香灰。飯碗旁還擺著一只木盒子，盒子上纏著一圈圈紅繩，繫著十幾枚六角符。

小莘吸著泡麵，不時望向餐桌上的豐盛菜餚，眼神裡是滿滿的困惑——媽媽今天買菜時，特地提了幾千塊帶她逛超市，買了她最愛的蝦子和烏魚子，從下午忙到晚上，弄出一桌豐盛得如同年菜般的普渡祭品。

儘管豐盛，但是不能吃，只能另外吃泡麵當晚餐。

「妳趕快吃完，洗澡睡覺。」如芸像是擔心吵到「貴賓」用餐般，壓低了聲音吩咐。

「喔……」小莘點點頭，快速吃完泡麵，乖乖洗澡，回房睡覺。

如芸收妥碗盤之後，拿著掃把掃起地，她雖只租下這四房大公寓裡的主臥房，但除了房東用來堆放雜物的三個房間外，廚房、客廳和陽台等空間都能隨意使用，因此母女二人住在這兒其實也頗自在——

如果沒有樓上惡霸一家的話。

咚咚咚咚——天花板響起一陣重踏聲，那是樓上惡霸老婆的跺地聲。

「……」如芸緊握著掃把，彷彿在掙扎著什麼。

磅啷、磅啷——那是喝空的鋁罐隨意扔在地板上的聲音。

嘰嘰、嘰嘰——那是小惡霸的電動玩具車在地板上穿梭的聲音。

磅——好大一聲，那是惡霸老公，喝光啤酒，下樓再買時，經過她家鐵門時，隨腳踹門的聲音。

那樣響亮的踹門聲，不管聽幾次都無法適應。

隔壁周家爲此報了好幾次警，惡霸老公總是向警察說是自己喝醉了撞到鄰居鐵門，嘻皮笑臉的向大家道歉，卻始終不改。

如芸睜開眼睛，眼神有些冰冷，像是下定了決心。

她放回掃把，翻出剪刀，來到餐桌前，剪開那木盒子上的紅繩。

然後回房洗澡，關燈，上床，摸摸一旁小莘頭髮有沒有吹乾，見小莘睜開眼睛看她，便說：「等媽媽下個月領薪水，買蝦子給妳吃，好不好？」

「媽媽……」小莘不解的問：「爲什麼別人家普渡拜拜，拜完了菜還可以吃，我們的菜……」

「我們拜的不一樣。」如芸這麼說。

「不一樣？」小莘問。

「別人普渡，是拜四方孤魂野鬼，讓好兄弟們吃飽了好上路。」如芸拂著小莘頭髮說：「我們拜的是守護神，祂會一直待在我們家裡，保護我們，不讓人欺負我們。」

「什麼……」小莘還想發問，又被幾記跺地聲嚇得一抖——這幾個月來，她被這樣突如其來的踱地聲嚇醒無數次。

「別怕別怕。」如芸輕輕摟著小莘說：「再忍耐一下下，很快就沒事了。」

「媽媽……」小莘像是聽見了什麼，想要起身，「外面好像有聲音。」

「噓——」如芸連忙摟緊小莘，不讓她起身，「守護神開始吃飯了，別吵祂，快睡覺。」

「啊？」小莘依稀聽見外頭餐桌，響起一陣碗盤碰撞聲，喀啦喀啦、喀啦喀啦，不知怎地，她覺得身子有些發冷，有股陰鬱死寂的氣息自門縫滲入了房裡，且迅速籠罩住了整個房間，籠罩住床上母女倆。

「快睡、快睡，醒來就沒事了。」如芸緊緊摟住小莘，在她耳邊說：「守護神會保護我們的……」

小莘被那股突如其來的陰鬱氣息壓得透不過氣，同時也昏昏沉沉的進入了夢鄉——

夢裡的小莘坐在餐桌前，對面坐著一個漆黑身影，那身影看不清臉面、看不出男女、看不出年紀。

黑色身影左手端著飯，右手卻不是拿著筷子，而是捏著兩支香，挾起一隻隻蝦子放入口裡，也沒剝殼。

黑色身影發覺小莘正望著自己，便將本來要放進自己口裡的蝦，挾向小莘，像是要餵她吃蝦。

小莘有些害怕，搖搖頭，不敢吃。

咚、咚咚、咚咚咚——一陣重踏聲再次響起，即便是在夢裡，小莘也知道這是樓上惡霸一家的騷擾跺地聲。

黑色身影停下動作，仰起頭，盯著天花板，然後繼續吃。

然後又是一陣跺地聲。

黑色身影又停下動作，然後繼續吃。

再一陣咚咚鏘鏘鍋碗砸地聲。

黑色身影終於放下碗，站起身，好高好高，腦袋幾乎都要貼上天花板了。

小華仰頭望著巨大的黑色身影鑽進了天花板，她的雙眼和意識，彷彿隨著那巨大黑色身影，一起鑽透天花板進了樓上惡霸家。

這是她第一次見到惡霸家中模樣，桌邊堆滿了喝空的酒瓶鋁罐，桌上是吃到一半的滷味鹽酥雞。

惡霸夫妻興致昂然的滑著手機搜尋踢踏舞音樂，像是想在深夜跳一陣熱烈的踢踏舞；小惡霸坐在沙發上玩著遙控汽車，將爸媽散落一地的酒瓶空罐，當成賽道上的障礙物，興奮的進行著一個人的越野賽。

「啪」的一聲，遙控車撞著惡霸老公的後腳跟。

惡霸老公神情有些不大對勁，他全身透著黑氣，兩隻眼睛閃爍著異光，那穿樓上來的巨大黑色身影，整個身子伏在惡霸老公背上，一雙黑色大手抓著惡霸老公的雙腕，像是扮家家酒操縱著玩偶行動一般。

在那黑色身影操控下，惡霸老公不自然的彎下腰，撿起腳邊遙控車，然後重重砸在電視機上。

電視機壞了，遙控車也壞了。

小惡霸嚇得從沙發上彈起，呆愣愣的望著惡霸老公。

惡霸老婆手機都給嚇落了地，不過轉眼露出怒容，飆吼惡霸老公是不是喝茫發酒瘋來了，一邊罵，還一邊拿起桌上空罐往惡霸老公身上砸，說電視機壞了她要怎麼看劇。

惡霸老公默默不語，也從桌上拿起一罐剛揭開沒喝兩口的啤酒往惡霸老婆砸去。

啤酒砸中惡霸老婆肩膀，炸了個遍地酒汁，惡霸老婆哀號坐倒在沙發上，吼叫幾秒才摀著肩頭蹦起，衝上前揪著惡霸老公頭髮要和他拼命。

惡霸老公一巴掌甩在惡霸老婆臉上，將她打回沙發，接著捧腹狂笑、掀桌摔碗，見到什麼砸什麼，還抄起空酒瓶砸自己的頭。

最後嗥叫著撞破自家陽台玻璃門，攀過陽台上那半開放式鐵窗，掛在鐵窗上仰頭亂叫。

夢中的小莘身子一個哆嗦，見到自己又坐回漆黑餐桌前，隱約聽見樓上躁動，轉頭往陽台望，只見鐵窗外，一個身影自上墜下。

磅的一聲巨響。

巨大的黑色身影穿透天花板，坐回了餐桌，繼續吃起整桌菜餚，不時笑咪咪的挾菜要餵小莘。

小莘坐在椅子上，一動也不敢動，大氣也不敢喘一聲。

只聽見外面漸漸騷動起來，救護車的聲音自遠而近的響起。

3.

如芸睜開眼睛時，天色已經微微發白。

她下床開門出房，只見昨晚留在餐桌上那八菜一湯，已成了一灘灘黑霉，透著腐臭氣味。

她來到陽台，往下瞥了幾眼，只見那惡霸丈夫停放機車的「領地」上，留著一灘血跡。

機車歪歪斜斜的停著，車身變形破損，像是被重物砸過，車身上也沾著不少血跡。

如芸不敢多看，回頭將滿桌黑霉碗盤收去廚房，花了好大工夫，洗淨所有碗盤，接著，她拿著抹布擦桌，收去散落在木盒周圍的紅繩和六角符，擺上一杯生米，點燃三炷香，朝著木盒拜了幾拜，祝禱插香。

最後，她揭開房門，見小莘猶自睡著，彷彿什麼也不知道，這才安心換上外出衣褲，開門下樓，準備上班。

如芸走出公寓，瞥了一眼惡霸老公那破損沾血的機車，身子一顫，低下頭加快腳步往巷子外走，卻見到對門周家那就讀國中的姐姐周家宜，提著早餐迎面走來。

「如芸姐！」家宜一見如芸，緊張兮兮的說：「妳知不知道昨天晚上……」

「我……我不知道！」如芸像是被針刺著般，倒吸了一口冷氣，側身閃過家宜，快步走遠，口裡喃喃解釋，「對不起，我趕著上班，不好意思、對不起、對不起……」

家宜回頭，望著如芸背影發愣半晌，這才提著早餐返家。

她默默上樓，越想越不對勁，總覺得如芸姐不僅態度和往常不太一樣，身上也透著一種難以言喻的奇異氣息。

她回到家，爺爺站在陽台，背著手檢視著整排花盆裡的生薑生長情況。

媽媽恭敬的站在神桌前，雙手合十祝禱。

爸爸窩在沙發上，捏著一份報紙，雙眼卻盯著天花板微微出神。

弟弟家瑋正揉著眼睛打著哈欠走出房門，準備上廁所，隨口問了一句：「什麼是『大凶』啊？」

「啊！」剛進屋的家宜，像是聽見關鍵字眼般，急忙嚷嚷問：「家瑋，你也夢見奶奶啦？」

「對啊。」家瑋點點頭。

「奶奶說了什麼？」

「奶奶說……」家瑋說：「我們家附近，出現了『大凶』，要我們注意安全……」家瑋說到這裡，頓了頓，問：「什麼是大凶？」

「大凶就是……」媽媽欲言又止，「一種危險的東西……」

「是鬼嗎？」家瑋問。

「呃……」媽媽像是不願講明，但一時又想不出婉轉的說法。

「等等。」爸爸則問：「記不記得奶奶穿什麼衣服？」

「紅色的禮服。」家瑋說。

「那就沒錯了……」媽媽和爸爸互望一眼，「眞的是媽託夢。」

「你們也夢見奶奶了？」家瑋問。

「是啊，五個人都夢到奶奶穿紅色禮服，應該不會錯。」爸爸這麼說。

周家奶奶生前喜愛研究奇門異術，自幼能與鬼神靈溝通。家宜和家瑋遺傳了奶奶體質，時常能看見稀奇古怪的東西。

奶奶往生之後，牌位被擺上周家神桌，與桌上菩薩一齊受香火供奉，彷如家神。

過去周家姐弟倆由於體質特異，有時路過喪事現場，或是適逢清明、鬼月，在外惹了煞、招了陰，奶奶便會託夢給爺爺，指點爺爺燉湯熬藥，幫姐弟倆退陰解煞。

倘若招惹上的事情更嚴重些，奶奶也會託夢給其他人，讓全家齊心協力——但夢這東西飄渺虛無，究竟是眞託夢還是普通做夢，誰也說不準，對此，奶奶也在夢裡提點過——倘若她要向全家交代要事，會刻意穿上顯眼衣飾，讓全家醒來之後，彼此對照驗證。

一家五口，同晚夢見奶奶身穿紅禮服、交代同一件事，自然不會是尋常做夢了。

「不曉得跟昨天樓上跳樓有沒有關係……」媽媽有些害怕。

「跳樓？」家瑋歪著頭問：「誰跳樓啊？」

「就是樓上那個抽菸壞蛋啊。」家宜說：「救護車聲音那麼大你都沒聽到？」

家瑋聽姐姐說明昨晚經過，這才知道昨夜那惡霸老公酒後失控，先撞破自家陽台玻璃門，被玻璃扎了一身，血淋淋的攀過四樓陽台躍下，砸在自己的機車上，驚動街頭巷尾，被緊急送醫。

「他幹嘛跳樓啊？」

「誰知道！」

一家人邊吃早餐，邊討論昨夜惡霸墜樓與奶奶託夢之間的關係，自然沒有答案，只是彼此叮囑平日多小心。

午後，爺爺帶著家宜上超市買菜，要煮薑母鴨替全家補補氣。

家瑋獨自一人留在家中，窩在沙發上玩手機遊戲。

他聽見門外發出喀啦啦的聲響，哼的一聲躍下沙發——樓上那小惡霸不僅會在如芸家鐵門縫上塞垃圾，也會往他家門縫塞垃圾。

他氣呼呼的奔去陽台，只見那胖嘟嘟的小惡霸胳臂石膏已經拆下，抄著一支短鋁棒，喀啦啦的抵著如芸家鐵門欄杆左右磨動，還指著門後的小莘，惡狠狠的放話。

「喂！」家瑋插著腰，隔著鐵門瞪視小惡霸，「你幹嘛啊？」

附近小孩都怕這小惡霸，但家瑋不怕——兩、三個月前，媽媽替家瑋報名了學校附近的跆拳道教室，每週三堂跆拳道課，讓家瑋壓根不把小惡霸放在眼裡。

「你別管。」小惡霸儘管霸道，但對數週前家瑋賞他的那記飛踢似乎餘悸猶存，說：「她媽媽害我爸爸跟我媽媽吵架，還害我爸爸跳樓！」

「是你爸自己豬哥騷擾如芸姐。」家瑋這麼說。

「放屁啊！」小惡霸氣呼呼的說：「明明是她媽媽勾引我爸爸！」

「誰要勾引你爸啊！」家瑋惱火的說：「你自己去問其他鄰居阿姨，誰想勾引你爸？是誰每天在樓梯抽菸？是誰每天晚上不睡覺吵死人？是誰亂丟垃圾？全都是你們家在亂！」

「放屁——！」小惡霸舉起鋁棒，往家瑋家鐵門重重一砸，「你們聯合起來欺負我們家！」

「喝！」家瑋被小惡霸這一棒嚇得往後跳開，接著轉身奔回房裡，換上跆拳道服，戴上直排輪專用的護膝、護肘和安全帽，還翻出一支長鋁棒，上陽台二話不說揭開鐵門。

「唔……」小惡霸見家瑋全副武裝，還舉著一支標準尺寸鋁棒，比他的短鋁棒還長出一截，立時退上樓梯轉角，居高臨下對家瑋叫囂：「你幹嘛？你要幹架？」

「你不幹架？」家瑋反問：「那你拿球棒下來幹嘛？」

「我……」小惡霸被問了個啞口無言，只好說：「我手骨折還沒好。」

「你手骨折還沒好。」家瑋追問：「那你拿球棒下來幹嘛？」

「我……」小惡霸斜斜指著如芸家門，「我想問她媽媽為什麼害我爸爸跳樓……」

「你問就問，拿球棒下來幹嘛？」家瑋哼哼逼問。

「好，那我不拿球棒。」小惡霸隨手拋下鋁棒，指著家瑋：「你也不能拿球棒。」

「好啊。」家瑋將鋁棒隨手立在門邊，插著腰瞪著小惡霸。

「三樓的……妳媽媽她……」小惡霸插著腰，正想質問小莘，但還沒說出口，就聽見樓下響起了剽悍尖叫。

「媽媽！」小莘湊在陽台鐵窗前，朝底下尖叫——

樓下，惡霸老婆左手揪著如芸頭髮，右手不停搧她巴掌，如芸起初還了幾巴掌，但很快便無力抵抗，雙腿發軟，跪倒在地，被惡霸老婆一口氣連搧十幾個巴掌，幾個鄰居上前勸架，也拉不開惡霸老婆。

「妳這婊子，勾引我老公，破壞家庭，還害他跳樓！」惡霸老婆拳似猛虎，一張嘴也沒閒著，「賤貨！婊子！妓女！妳老公不要妳，妳就成天拐別人老公！」

如芸哇的一聲，激烈嘔吐起來，吐出一堆灰爛汁液，這才將那惡霸老婆嚇得退開老遠。

「媽媽、媽媽！」「如芸姐……」小莘和家瑋奔下樓關切。小莘見如芸臉色灰白發青、滿額大汗、嘔個不停，急得哭了起來。

「不甘我的事，這婊子自己有病……」惡霸老婆見如芸情況有異，不再叫罵，急急上樓返家。

「沒事……我沒事……」如芸被幾個鄰居攙起，不願報警、也不願叫救護車，只向鄰居借幾桶水沖沖穢物，說自己累了，想回家睡一覺。

4.

晚餐時間，周家五口圍在餐桌前開動用餐。

一大鍋薑母鴨周圍擺著薑絲炒豬肝、薑絲炒大腸、薑絲炒蛤蜊，另兩盤小白菜和空心菜裡，也摻著滿滿的薑絲。

爺爺臉上帶著疲態，仍熱情招呼家人吃飯，要大家每樣菜都嚐嚐。

這五菜一湯，可是他一人料理出來的。

「唉喲，爸……」媽媽替爺爺舀了碗薑母鴨說：「你幹嘛一個人搶著做，等我跟健強回家幫忙啊。」

「我也不想喲。」爺爺無奈說，「健強他媽催得緊喲，要我薑下得重些，也不知道你們吃不吃得慣……」

「太辣了……」家瑋皺著眉頭喝薑母鴨湯。

「你們讓爺爺一個人做菜，沒幫忙？」爸爸望向家宜家瑋。

「有啊，我幫忙洗菜。」家宜望向弟弟家瑋，「不像家瑋只顧著打電動。」

「啊！今天啊——」家瑋聽姐姐開始告狀，爸爸媽媽都望向他，立時扯開話題，講起隔壁如芸今天發生的事。

爸媽這才知道，隔壁如芸今日身體不適，提前下班，卻正巧撞上那剛從醫院返家的惡霸老婆，兩人在樓下狹路相逢，起了衝突。

「那惡霸跳樓，到底和奶奶說的大凶有什麼關係呢？」一家五口邊吃晚餐，邊討論著奶奶託夢的事。

奶奶說附近出現大凶？

那大凶究竟是什麼？是厲鬼？是疾病？是災禍？

夢裡奶奶講得隱晦，似乎連她也不太明白實際情況。

一家人用完晚餐，周媽媽分裝出一小鍋薑母鴨，帶著家瑋出門按如芸家電鈴，想關心如芸情況。

出來應門的是小莘，小莘兩隻眼睛空洞無神，開門接下湯鍋，嗅著厚重薑氣，眉頭微微一皺。

「這是我們家爺爺燉的薑母鴨……」周媽媽笑著解釋：「這鍋薑母鴨裡的薑下得多，味道有點重，但是對身體沒壞處，妳媽媽平常工作辛苦，讓她補補身體。」

「謝謝……」小莘擠出一個奇異笑容。

「小莘哪，妳媽媽她……」周媽媽還想問些什麼，只聽見樓上又爆出一串淒厲尖叫。

又是那惡霸老婆的叫聲。

最初，周媽媽和家瑋還以為是惡霸老婆聽見樓下動靜，又要下來找如芸一家麻煩，但惡霸老婆那淒厲的尖叫聲，並未抵達樓梯間，而是從上方，飆到公寓外，一路向下。

和昨天一樣。

接著，外頭磅的一聲巨響，也和昨天一樣。

左鄰右舍們再次騷動起來，也和昨天一樣。

今天換惡霸老婆墜樓了。

周家五口全擠上陽台，觀望樓下情況，只見惡霸老婆和昨夜老公一樣，摔在自家機車上，兩隻腳都摔斷了，悽慘的掙扎尖叫。

家瑋轉頭，只見小莘端著湯鍋，站在自家陽台往下望。

小莘嘴角勾起一抹奇異笑容。

小莘注意到家瑋偷看他，也不以爲意，只默默關上門，端著薑母鴨進屋，來到廚房，將整鍋薑母鴨倒進流理台裡，還打開水龍頭沖淋一塊塊鴨肉，再戴上塑膠手套，拿著筷子將鴨肉、薑片挾進垃圾袋中，打了個死結，扔去後陽台。

她處理完鴨肉，摘去手套，進入主臥房。

如芸昏昏沉沉的癱躺在床上，察覺小莘進房，艱難撐著身子試圖坐起，「小莘……剛剛……有發生什麼事嗎？」

小莘露出奇異笑容，湊近如芸耳際，向她說悄悄話。

「什麼、什麼？夠了……我不要你再這樣子了……」如芸瞪大眼睛，顫抖的說：「我……只是想給他們一點教訓……讓他們別再欺負我母女倆……但是你做得太過分了……可以停了……我不要你幫忙了……」

小莘望著如芸，笑容詭譎的搖搖頭。

「你……你不想停手？爲什麼？你想要什麼？」如芸害怕的問。

小莘又湊近如芸耳際，對她說了些話。

「什麼！」如芸瞪大眼睛，不可置信，「你……你要我……把對面周家弟弟，騙來家裡，煮了給你吃？」

小莘厲笑點頭，還伸舌舐唇，一副餓極了的模樣。

「這……怎麼可能？」如芸連連搖頭，「我怎麼可能煮孩子給你吃？」

小莘登時垮下臉，陰惻惻的瞪著如芸，又湊去她耳邊細語幾句。

「不行！不行！」如芸激動尖叫，使出吃奶的力氣翻身下床，伏在地板，跪地磕頭，「你不能傷害小莘！你要吃就吃我好了，我讓你吃、我讓你吃……」

小莘漠然望著如芸半晌，緩緩蹲下，伸手托起如芸身子，望著她。

如芸涕淚縱橫，哀淒的望著小莘，神情漸漸平靜，然後露出奇異笑容。

小莘則呆滯半晌，接著困惑的望著如芸，「媽媽……妳怎麼了？」

此時如芸臉上的奇異笑容，和剛剛小莘一模一樣，她摟了摟小莘，湊近她耳際，對小莘說起悄悄話。

「啊？」小莘一面細聽媽媽耳語，一面回覆：「對呀，周媽媽對我很好……他們一家都是好人……嗯？所以媽媽妳想做菜請他們吃？好啊好啊……明天先叫周小弟來家裡玩？嗯，好、好……」

深夜，家瑋迷迷糊糊的來到餐桌前坐下。

爸爸媽媽、爺爺和姐姐，早已在餐桌前坐成一排。

奶奶穿著一襲時尚白色套裝，宛如電影裡的名流貴婦，坐在爺爺身旁，拍拍爺爺的手，問爺爺自己這身新衣漂不漂亮？

爺爺微笑點頭，說漂亮極了。

奶奶說，樓上惡霸夫妻先後墜樓，正是那大凶所爲。

而那大凶，就在隔壁如芸家中。

那是一隻受陰邪厲術煉成的惡鬼。

這樣的惡鬼，通常爲術士長年供養，平時受法術禁錮控制，只聽術士指揮行事，然而隔壁單親媽媽如芸，顯然沒有能力控制指揮這隻惡鬼。

也就是說，那道行深厚的大凶，目前屬於無主狀態，會做出什麼事，身爲家神的奶奶也無法預料。

輕則會危害如芸和小莘，重則周家五口甚至左鄰右舍都會受到波及。

奶奶告訴大家，這大凶不容易對付，全家人得做好萬全準備。

5.

上午十點，炙熱炎陽已將柏油路面曬出了粼粼蜃影。

如芸騎著機車行駛在豔陽下，依舊感到遍體生寒。

她停妥機車，走進大賣場，顫抖的從口袋掏出一張紙條，望著上頭的清單，來到餐廚區，挑了把大號剁骨刀，放進菜籃。

她繼續往前，不時低頭瞥瞥菜籃裡的剁骨刀，心情激動混亂，感到呼吸有些困難，眼淚滴答落下。

「怎麼辦、怎麼辦？」她一面抹淚，一面又來到鍋碗區，找著了紙條清單上的大號湯鍋。

她站在那五十公升大號湯鍋前，身子激烈顫抖，忍不住掩住嘴巴，連連乾嘔。

五十公升的大湯鍋，應當放不下一個八、九歲的孩童，但倘若分成幾次燉煮，還是煮得完。

「不行、不可以……」如芸搖頭跑遠，躲進安全梯間，坐在台階上埋頭哭泣好半晌，抬起頭來，彷彿終於做出了決定。

她取出手機，按了對門周媽媽手機號碼。

「喂……周媽媽，是我，如芸……」如芸哽咽的說：「我知道很突然，但是……我想拜託妳一件事……」

她一面啜泣、一面碎語。

半小時後，周媽媽來到大賣場，似乎是電話裡講不清楚，想當面和如芸講個明白。

兩人坐進賣場用餐區，周媽媽瞥了如芸菜籃裡那把剁骨刀一眼，問：「妳……要做菜？」

「……」如芸先是點點頭，接著又搖搖頭說：「我……不想幫『他』做菜……但是如果我不做的話，小莘會有麻煩……所以、所以……我想請周媽媽妳，幫幫我……」

周媽媽望著如芸說：「妳剛剛在電話裡，請我認小莘作乾女兒？」

如芸先是大力點頭，接著心虛補充說：「不只是……名義上的乾女兒，是收我家小莘作養女，讓她和你們住在一起……」

「妳沒辦法和她在一起？」周媽媽試探的問：「發生……什麼事了？」

如芸淚如雨下說：「是我不好，我做了不該做的事，惹上了……」

「妳——」周媽媽像是不想浪費時間兜圈子，單刀直入的問：「在家裡，養了很凶的東西？」

「啊？」如芸瞪大眼睛，不明白周媽媽怎能一語道中。她瞥瞥左右，接著壓低聲音說：「我……我真的不是故意的，我不知道那東西那麼凶……」

「那東西到底是什麼？」

「我……我也不清楚，是同事介紹給我的……」

如芸低著頭將事情娓娓道來，周媽媽耐心細聽，這才知道兩個月前如芸向同事抱怨自己每天飽受惡鄰欺負，連警察也幫不上忙。

那同事神祕兮兮的說自己認識一位「師父」，警察治不了這種無賴，但這位師父肯定可以。

同事說，那位師父懂得許多旁門左道，行事不算正派，但極其靈驗，主要客戶大都是酒店小姐或是道上兄弟。

如芸本來有些害怕，遲遲無法決定，但接連被惡霸夫妻欺侮幾天之後，終於下定決心，要同事帶她見那師父。

遺憾的是，那師父不久前往生了。

當時接待她們的，是那師父的獨生子。

師父兒子似乎無心繼承父親志業，將父親修道房裡的法器雜物清空九成，擺上一排排金屬層架、架上塞滿電腦，終日嗡嗡運轉。

當時，師父兒子聽如芸與同事說明了來意，只隨手指指貨架角落那堆木盒——說自己沒修道天分，父親的本事他一樣也學不會，只知道父親剩下一堆「盒子」，可以賣給道上兄弟，等這批盒子出清之後，他要專心當個虛擬貨幣礦主了。

如芸怯怯的問那些盒子裡頭裝著什麼。

師父兒子說，盒子裡頭裝著鬼，只要每日祭拜，就能馴鬼行事。

師父兒子特別聲明，自己只聽父親說過大概的祭祀方式，許多細節他也不明白，無法幫忙供養，出事也不負責，所以那盒子的價錢，自然也比父親在世時販售的原價便宜許多。

如芸儘管有些害怕，但聽那師父兒子開出一折的價錢，還不到同事預估價碼的十分之一，便也抱著姑且一試的心情，花了一萬元，挑走一只黑色盒子。

臨走時，師父兒子特別提醒她，盒子裡的鬼，無法離開盒子太遠，假使她不想養了，可以將盒子扔進海裡，裡頭的傢伙無法回頭找她麻煩。

她將黑盒子帶回家，按照師父兒子的指示每日供養，直到普渡那天，擺開豐盛餐宴，剪斷禁錮紅繩，正式將自己的請求，告訴盒子裡的東西。

「我只是……想給他們一點教訓……」如芸哭泣說：「我不想害他們死……」

「他們沒死啊……」周媽媽苦笑安慰如芸：「里長去醫院關心過了，他夫妻倆是摔得很慘，摔斷一堆骨頭，但活得好好的，他們家小胖子也被親戚接走照顧，我們公寓可以平靜很長一段時間了。」

「是嗎……」如芸聽周媽媽說惡霸夫妻沒死，稍微鬆了口氣，但依舊難過的說：「但來不及了，那隻鬼，要我……要我……」她說到這裡，抬頭望了周媽媽一眼，又低下頭，哭著說：「他要我把家瑋騙來家裡，煮了給他吃……不然的話，他就要吃我家小莘……」

「唔！」周媽媽錯愕傻眼，驚怒的問：「所以……妳求我收養小莘，是想拿小莘賠我們家瑋？」

「不是不是！」如芸慟哭搖頭，握住了周媽媽的手說：「等等我買完菜回家，就要開始切菜備料、替他重做普渡宴，到時候他會上我身，叫小莘出去按妳們家電鈴，騙家瑋到我們家玩——我想拜託周媽媽，在我們小莘按電鈴的時候，開門把她拉進妳們家，照顧她幾天。」

「什麼……」周媽媽瞪大眼睛說：「那妳怎麼和那大凶交代？」

「我留在家裡讓他吃……」如芸哽咽說：「那師父的兒子說，盒子裡裝著他的骨灰，他沒辦法離開盒子太遠，時間久了，沒人供養他，他會漸漸虛弱……沒辦法再害人了……」

「既然把盒子扔進海裡就好，那乾脆……不對，那大凶法力深厚，肯定不會乖乖讓人把他骨灰扔進海裡了……」周媽媽皺眉思索，知道如芸求她收養小莘、犧牲自己這方法，儘管聽來荒唐，且也不見得真正有用，但已是驚恐無助的她，掙扎一夜之後，絞盡腦汁想出來的辦法了。

「之後，我們家小莘，就拜託妳了……」如芸緊緊握住周媽媽的手。

周媽媽拍拍如芸的手，搖搖頭說：「妳說的這個方法，我沒辦法答應。」

「我……我還有幾份保險……」如芸哀求說：「受益人是小莘的名字，雖然不多，但是足夠讓她讀完高中了……她是個很乖的孩子，她會幫忙做家事……」

「不是這個問題……」周媽媽苦笑說：「而是我覺得，應該還有更好的方法。」

「更好的方法？」

「我一時也想不出來……」周媽媽取出手機，說：「先讓我打電話請個假，然後把我老公也叫來，一起好好想個辦法……」

6.

接近中午時，如芸提著滿滿一袋菜和大湯鍋，返回自家公寓。

她一步步上樓，全身依舊哆嗦個不停，害怕惶恐至極，但此時的她，心境和上午已經大有不同。

現在的她，怕歸怕，但心裡懷抱著大大的希望，而不是絕望。

她回想著剛剛與周家夫妻在賣場餐廳裡的對談——

「妳難道都不好奇，我怎麼知道妳在家裡養了隻大凶嗎？」

「我好奇啊……」

「是我婆婆託夢呀，她生前懂得不少奇門法術，過世之後，我們把她當成家神供奉，這麼多年，她一直守護著我們周家，一次又一次幫我們家逢凶化吉，前兩天，她託夢給我們全家，說附近來了個大凶，要我們做好準備——」

「所以……」

「所以，我婆婆已經做好準備，要跟那大凶開戰了，有她老人家幫忙，我們不見得會輸。」

巷弄外，周爸爸緩緩停車，周媽媽則在副駕駛座上撥了通視訊電話回家，「小莘媽媽下車了，你們準備好了沒？」

「都準備好了，可是——」手機那頭，女兒家宜將鏡頭轉向弟弟家瑋，對媽媽說：「家瑋現在好像有點興奮，一副要找大凶單挑的樣子，妳要不要罵罵他？」

家瑋擺著跆拳道架勢，倏倏出拳踢腿，不時來記迴旋踢，暖身暖得滿頭大汗。

「我來跟他說。」爸爸停妥車，接過手機，喊來兒子家瑋，和他講了半晌，全是些兵法戰術細節。

媽媽在一旁皺眉聽了半晌，搶回手機，對家瑋說：「你如果想小莘平平安安，就不要亂來，乖乖看姐姐眼色，知道嗎？」

「對啊！你如果亂來，害小莘母女有個萬一，你只能娶女鬼了。」爸爸這麼插嘴。

「烏鴉嘴講什麼蠢話！」媽媽搧了爸爸腦袋一下，催促他下車，夫妻倆走到巷口，遠遠望著自家公寓，喃喃說：「我們就在巷口等？不靠近點？等等來得及嗎？」

「放心。」爸爸說：「再靠近的話，那大凶說不定發現我們上班時間回家，要是起疑，大家反而更危險。」

「好吧……」媽媽點點頭，又拿起手機，問女兒家宜：「小莘媽媽到家了嗎？」

「嗯，她到家了。」家宜點點頭，低聲說。

「我告訴妳，妳等等一定要小心……」媽媽擔憂的說。

「我知道。」家宜對著視訊鏡頭，揚手接過一旁爺爺遞來的一只古銅色懷錶，從容掛上頸子，將懷錶塞入衣領，「媽，奶奶會罩著我，妳放心啦，一切按照計畫進行。」

「好。」媽媽見到那懷錶，這才微微放心了些。

「等等家宜會戴上懷錶，和家瑋一起進妳們家和小莘玩，我婆婆會附在懷錶上，她會保護妳們。」

「可是……那鬼……大凶，不會發現嗎？」

「我婆婆說她有辦法讓那大凶不發現她。」

「美玉姐，妳婆婆比那大凶更厲害？」

「不，我婆婆託夢時特別提過這點——她懂許多奇妙法術，死後道行也不低，但倘若和那大凶硬碰硬，肯定是打不贏。她說那大凶是陰邪法師特地煉出來賣給黑道凶殺仇家的惡鬼，就好像一些鬥犬不會救災、不會偵察、不會陪小孩，但是會打架。」

「這樣的話，那她保護得了我們嗎？」

「所以妳也要幫忙，妳記住，到時候妳得——」

如芸在廚房清洗大湯鍋，切菜備料，一面回想著周媽周爸的叮囑，不久之前，他們特別在車內和周家爺爺及姐弟開了場視訊會議。

視訊會議上，爺爺捧著懷錶低語呢喃，那是周家奶奶生前最喜歡的一只懷錶。周家奶奶過世後，周家爺爺隨身帶著那只懷錶，不時對著懷錶說說話，周家奶奶不但能聽見，還能透過夢境答覆爺爺。

偶爾情況緊急時，周家奶奶甚至能夠透過懷錶，直接與爺爺對話。

奶奶透過爺爺，對大家點名，從家宜家瑋、到周爸周媽、最後是如芸和爺爺，一一交代任務。

奶奶要爺爺對大家信心喊話——只要眾人齊心協力，即便那大凶更凶上三、五倍，也無法得逞。

如芸頭一垂，再抬起頭時，已換了副眼神。

她提起那剁骨刀秤秤重量，又望望那擺上瓦斯爐的大湯鍋，咧嘴一笑，十分滿意。

然後她走出廚房，轉進房間，對著小莘耳語一番。

小莘點點頭，走出陽台、走出家門，按了周家電鈴。

「小莘按電鈴了——」家宜壓低聲音，對著手機說。

「行動開始。」周爸爸一聲令下。

周媽媽緊張的揪住周爸爸胳臂，瞪大眼睛望著自家公寓。

「是！」家宜點點頭，直接將尚未關閉視訊對話的手機收進口袋。

家瑋則是閉上眼睛拍拍臉，三步併作兩步奔上陽台，打開內門，用他那拙劣的演技，對小莘說：「哇！是小莘哪！妳找我有什麼事？」

客廳裡，家宜和爺爺不約而同皺起眉頭，低聲說：「人家還沒開口，你又知道她找你了？」

「我媽媽說你們一家幫我們很多，她想做菜招待你們全家……」小莘這麼說。

「好啊！」家瑋朗笑著開門，用話劇菜鳥般的口吻說：「小莘，妳想邀請我去妳家坐坐嗎？我可以陪妳談天說地，我還要拿我小時候照片給妳看！」

「白癡啊！」家宜在客廳捏緊了拳頭，擠著氣音說：「等人家先開口啊！正常人哪會這樣說話！太可疑了……」

外頭，小莘倒是沒有察覺家瑋言行裡的不自然，她眼中的家瑋，一直這麼浮誇，三不五時刻意在她面前打幾記刺拳、踢幾下腿，說自己比昨天更厲害了。

她點頭笑說：「對啊，我媽媽就是要我來問你要不要先來我家玩，她買了零食汽水請你。」

屋內，爺爺拍著家宜胳臂，低聲說：「不怕不怕，有些男孩子見著了喜歡的女孩子，再聰明也跟笨蛋沒兩樣，家瑋在小莘面前，從來沒正常過……」

「好像是耶。」家宜歪頭想想，似乎眞是如此。

「好！妳等我！我去拿相本，讓妳看我的過去。」陽台上，家瑋歡呼一聲，轉身進屋要找相本，還對家宜豎了個大拇指，低聲說：「第一階段順利，第二階段作戰開始！」

家宜跟在家瑋身後嘮叨叮嚀：「你要表現得自然一點，不要講一些奇怪的話，會讓大凶覺得你很可疑。」

「我哪有講奇怪的話！我明明就很自然！」家瑋不以爲然，似乎對自己的演技滿意極了，他從房中翻出相本，奔出陽台，向小莘指指跟在他身後的家宜，說：「我姐姐也想去妳家喝汽水，她說她很渴。」

「我不渴，我只是陪弟弟參觀妳們家。」家宜用手肘抵了抵家瑋後背，微笑說：「我還沒去過妳家，好好奇妳們家長什麼樣子喔。」

「就一般家的樣子啊……」小莘這麼說，轉身帶領姐弟倆踏進自家。

姐弟倆跟在小莘身後，互相使著眼色，用手肘互推，像是都在責備對方台詞刻意、演技不夠自然。

「姐弟倆……都來啦……」如芸站在客廳，望著隨小莘進屋的兩姐弟，笑得合不攏嘴，大步上前摸摸家宜臉蛋、拍拍家瑋腦袋。

此時的如芸，兩隻眼睛滿佈血絲，彷如一頭貪婪餓獸，邊說邊聞嗅著姐弟倆頭頸氣味，還不時咬咬下唇，像是在壓抑直接啃噬姐弟頸子的欲望，微微喘氣說：「你們玩開心點啊……如芸阿姨要去做菜啦……」

如芸說完，轉身搖搖晃晃走回廚房。

家宜家瑋臉龐笑容僵硬，像是讓如芸身上透出的大凶氣息嚇得渾身發軟，直到小莘喊他們數次，這才回過神來，乖乖入座。

家瑋將相簿放上廳桌，默默翻開，不敢再說無聊廢話，唸課文般的向小莘介紹每張照片當下情景，不時偷瞧廚房兩眼。

家宜小心翼翼的打量四周環境，很快發現不遠處餐桌上放著一只黑色木盒子。

7.

「這是我剛出生、媽媽抱著我的樣子，這是我五個月大時玩玩具……」家瑋翻著相本，一面向小莘解說每張相片由來，或許是因爲感應到廚房裡的大凶隱隱透出的邪惡氣息，家瑋的聲音和手都有些顫抖。

小莘默默聽家瑋介紹相片，只偶爾點點頭、嗯嗯兩聲，但突然身子一抖，湊近相簿咧嘴嘻笑，兩隻眼睛爍爍發亮，呢喃說：「周……家瑋……你……好可愛啊……」

她邊說，還邊伸手摳玩照片上的家瑋臉蛋。

她口水都滴到相片上了。

家瑋全身難以自抑的顫抖起來，他明顯察覺到小莘身上溢出了窮凶極惡的氣息，籠罩住她全身——想來是廚房如芸身中的大凶，忍不住轉移至小莘身上，來親眼瞧瞧相本裡的家瑋那可愛又可口的模樣了。

家瑋和姐姐從小就有陰陽眼，對許多稀奇古怪的靈體早已見怪不怪，但眼前這大凶，卻是旁門法師以邪法煉成、專門獵殺生人的極惡凶靈，那凶氣、邪氣、戾氣，與一般亡靈可有天壤之別。

「周家瑋……你幹嘛……發抖啊……」小莘腦袋歪斜，伸手摸了摸家瑋臉蛋。

「我……」家瑋笑容僵硬，害怕到了極點，「覺得冷……」

「你冷？」小莘咧嘴笑說：「等等……廚房女人燒好開水……你就不冷了……」

「我吃爺爺做的薑糖，也可以保暖……」家瑋顫抖的從口袋中掏出一只小封口袋，揭開，捏出一枚薑糖往嘴裡放。

「等等！」小莘握住家瑋的手，不讓他把薑糖放入口中。

「這什麼……東西？」小莘一臉嫌惡的瞪著家瑋捏在指間的薑糖，說話聲音一下子尖銳拔高，一下子又沙啞低沉，「怎麼……那麼臭？這味道……真討厭……」

「我爺爺做的薑糖……不臭啊，很好吃啊……」家瑋被小莘握住手腕，感到小莘那細細的手力大無窮，嚇得眼淚在眼眶打起轉來。

「你們……兩個……」小莘緊握家瑋的手，望望家宜，雙眼隱隱流露出殺氣，「是不是……在怕我？」

家宜家瑋，一齊點點頭。

「怕我，還來？」小莘咧開嘴，眼耳口鼻都溢出漆黑的氣，「你們這麼愛……喝汽水啊？」

廚房裡，如芸本來豎著耳朵傾聽外頭動靜，漸漸察覺情況有異，來到門口，見家瑋要吃薑糖，卻被小莘抓住，一時不知如何是好，腦袋裡浮現起周媽媽的交代——

我婆婆年輕時最喜歡拉著我公公陪她逛墓園、賞凶宅。

每次出發前，我婆婆都會一邊哼歌、一邊煮薑湯。她哼的歌，不是一般的歌，是一種咒語；煮出來的薑湯，也不是一般的薑湯，喝下肚子，就像喝下了護身火，亡靈不敢近身。如果遇上比較凶的煞，我婆婆還會把生薑、老薑和薑母一齊下鍋，搭配不同的咒語歌訣，煮成三昧湯。

那是傳說中能夠燒死一切惡鬼的三昧眞火。

我公公後來也學會煮薑湯，還學會把薑湯做成薑糖。

等等我也給妳幾顆薑糖，讓妳帶在身上，吃下薑糖，那大凶就沒辦法上妳身了。

但妳可別急著吃，等家宜叫妳吃，妳再吃。

子。

家宜突然站起身大喊，扔下家瑋，自顧自的奔向餐桌，伸手要拿那黑木盒

「如芸姐，吃糖囉——」

她的手還沒觸著木盒，身子一顫，兩眼發直。

大凶上了她的身。

廳桌前，小莘身子一軟倒在沙發上，立刻被家瑋扶起。

家瑋往自己嘴裡塞了顆薑糖，喀啦喀啦嚼著，還往小莘嘴裡也塞了一顆薑糖。

「唔！你給我吃什麼？」小莘嚐到口中薑糖的辛辣氣味，嚇得回過神來，推開家瑋，噗的一聲把口中薑糖吐出。

「不能吐！那是三昧糖！吐出來就會被鬼附身！」家瑋見小莘吐出薑糖，急急叫嚷，又掏出一顆薑糖，遞向小莘嘴巴，卻被小莘一把撥開。

「小莘，乖乖吃糖！」如芸吃下薑糖從廚房奔出，來到廳桌前，拉著小莘，

也捏了顆薑糖往她嘴裡塞。

小莘見媽媽也要她吃糖，儘管疑惑，卻也不再拒絕，含著辛辣薑糖想要發問，卻聽餐桌那兒，傳出家宜的厲聲尖叫。

家宜站在餐桌前，身子奇異扭曲，兩隻手古怪高舉空中，扭著古怪姿勢，沙啞叫個不停，「妳……是誰？妳躲在……她身子裡？」

「我是她奶奶，我來保護我孫女。」

家宜一雙眼睛時而陰邪、時而圓瞪、時而凶厲透射紅光、時而憤慨閃耀白光，聲音忽男忽女，有時低沉有時拔高，彷彿身子裡藏了兩個人。

一個是那大凶。

一個是奶奶。

她胸口衣領裡透著淡淡的金光，那是奶奶的懷錶。

奶奶本來隱匿著氣息，就等著大凶上家宜身。

「爸爸、爸爸——」家瑋拔聲大叫：「大凶上姐姐身了——」

如芸震驚了幾秒，聽家瑋尖叫，像是想起自己任務未完，急急奔到餐桌前，一把捧起木盒子就往門外跑。

爺爺早已在門外等著，從如芸手中接過木盒，奔回自家神桌前。

神桌上早已焚香燃燭，爺爺將黑木盒擺在菩薩像前，接著急急上了廚房，顧不得爐火未關，提起爐上那燒滾了的鐵水壺，回到神桌前，將壺裡炙熱滾燙的三昧薑湯，澆淋在黑木盒裡的骨灰上。

隔壁如芸家立時傳出長長一聲奇異嘶吼。

我婆婆力氣沒大凶大、打架也沒他狠，最多只能按著他幾分鐘，妳要立刻把大凶骨灰拿去給我公公，讓我公公用三昧湯澆他骨灰，削弱他力量，然後再把家宜拉回我們家——

如芸回想著周媽媽吩咐，立刻轉身回家，和家瑋一左一右，扣著家宜雙手，將她往外拖拉。

「家宜——」

門外響起一聲聲叫喚，爸爸媽媽先後奔進如芸家，眾人七手八腳將家宜從如芸家架回自家，按上餐桌椅子。

「快拿條繩子……綁著家宜……」家宜兩隻手彼此糾纏互扣，身子不自然的痙攣扭曲，聲音聽來像是年邁女人，「這傢伙力氣好大……我快壓不住他了……」

爸爸媽媽全力壓著家宜雙肩，將她按在椅子上。

「我家有塑膠繩子！」如芸立時返家，上廚房翻找出紅塑膠繩球，和家瑋、小莘互相傳遞繩球，對著家宜和木椅子繞上一圈又一圈紅塑膠繩，將家宜連人帶椅，紮得像是木乃伊般。

「媽媽……我們在幹嘛？爲什麼要這樣綁家宜姐姐？」小莘害怕的問。

「我姐鬼上身了，不綁著她，她會吃掉我們。」家瑋插嘴說。

「什麼？」小莘聽家瑋這麼說，害怕的望著家宜，只見家宜神情和聲音不停變化，激烈掙扎，沙啞嘶吼：「放開我！你們……想幹什麼？」她才這麼說完，立時換上年邁女人聲應答：「你嫌普渡吃不飽？想吃活人孩子？我們全家做好湯好菜請你吃個飽。」

「不要！我不餓——」沙啞低沉聲音說。

「現在說不餓太遲了。」年邁女人這麼說，「美玉呀，上菜！」

「好。」媽媽聽家宜這麼說，立刻上廚房，端出一道道菜，有些是昨晚剩菜，有些是剛剛爺爺在家時新煮的——薑汁燒肉、痲油薑炒青江菜、薑爆小卷、薑爆三杯雞，和一鍋炙熱辛辣的薑母雞湯。

「好臭、這味道臭死了！把這些東西拿走！」家宜嗅得濃厚薑味，憤怒咆哮、猛烈掙扎，然後立刻又變了張臉，哼哼的說：「美玉，餵客人吃菜。」

「好。」媽媽立時挾了塊薑汁燒肉，湊近家宜嘴邊。

「唔……」家宜嘴巴牢牢緊閉，兩隻眼睛爍爍發紅，怒瞪著媽媽。

爺爺站在神桌前，望著那注滿薑湯的木盒子，一面吟唱起咒歌，一面將湯杓伸進木盒子攪拌，像是平時煮薑湯一般。

整盒骨灰薑湯滾起了泡泡。

家宜痛苦呻吟幾聲，終於張大了嘴巴，咬下周媽媽挾來的那塊燒肉，咬嚼幾下，嚥下肚。

「這傢伙很精明。」家宜邊嚼著燒肉，邊用年邁女人的聲音說：「他想吃童肉增加道行，破解木盒子禁錮，但是又不想自己動手，想藉小女孩媽媽手煮孩子辦普渡宴供養他，他以爲這樣不會被陰差追究罪責。」

「你這惡鬼想煮我孫子孫女，我只好煮你囉……」爺爺持續唸咒，捏著湯杓攪動神桌上那盒黑黝黝的骨灰湯，每攪動一下，家宜身中那大凶的聲音便微弱一分。

媽媽持續餵菜，每餵一塊肉、一根菜、一片薑，家宜的掙扎便減弱一分……

爺爺繼續唸咒，媽媽繼續餵菜。

足足過了十分鐘，那大凶終於不再吭聲。

家宜也不掙扎了，而是乖乖張口，還會指揮媽媽挾菜，「媽，我要雞肉。」

「繩子可以解開了，這大凶魂飛魄散了，懷錶先別取下……」奶奶的聲音，自家宜喉間響起，「全家這幾天多吃點薑，讓身子持續暖幾天。」

「是……」周爸周媽互望一眼，開始替家宜鬆綁。

「那這一大盒骨灰湯呢？」爺爺將那黑盒子捧下神桌。

「那骨灰差不多讓三昧湯泡透了，倒馬桶沖了吧……」奶奶答完，便不再說話。

爺爺將大凶骨灰盒子捧去廁所，將一盒黑黝黝的骨灰薑湯，全倒進馬桶，按鍵沖水。

8.

兩個月後某個假日午後。

家瑋懶洋洋的伏在書桌上，望著窗外白雲藍天。一旁手機正跑著他最愛的手機遊戲，他前晚才抽到一隻新角色，卻不怎麼開心，玩得意興闌珊，總覺得提不起勁做任何事——

或許是因爲一週前，小莘搬家了。

如芸找著了一份待遇不錯的正職工作，但工作地點在外縣市，如芸猶豫許久，硬著頭皮和房東商量押金可否少扣點，那房東人也好，押金分毫不扣，說這點錢對自己不痛不癢，但能讓如芸搬家換工作領薪水前，日子過得寬裕些，讓小莘也能吃好點。

搬家前一晚，如芸認眞燒了一桌菜，請周家五口一齊上門吃了個飽。

當晚桌上那鍋薑母鴨，可是如芸向周媽媽討教練習之後煮成，味道十分道地，讓大家在這盛夏時節，吃得渾身大汗、吃得家瑋忍不住提醒如芸這三味薑料理是用來對付大凶那種厲害傢伙，不能當成家常菜餚來吃，會把人吃壞的。

如芸笑呵呵的說，她會永遠記得這個味道。

會永遠記得周家五口跟周家奶奶。

飯後，家瑋紅著眼眶奉上自己親手寫的卡片，問如芸新家整理完成後，能不能上她家作客。

如芸說非常歡迎，要家瑋別太難過，說不定認識漂亮的新同學，就忘記小莘了。

家瑋說自己這輩子都會記得她。

如芸說如果他保持下去，那她可能眞會答應把小莘嫁給他——小莘聽到這裡，再也忍不住，尖叫著阻止這個話題繼續下去。

叮咚一聲，家瑋像是觸電般彈了起來，一見手機上彈出小莘回覆的聊天訊息，立時精神抖擻的關了遊戲，手指飛快打字，跟她說樓上那惡霸夫婦前兩天也準備要賣房子搬家。

那惡霸夫婦或許是被大凶嚇壞了，出院之後，特地帶了親戚幫忙收拾打包，準備出售這戶自娘家繼承的房子。

打包當日，他夫妻連自家公寓都不敢走近，只敢拄著楞杖遠遠望著他倆先後墜樓的半開放式鐵窗，像是餘悸猶存一般。

自然，他們不會知道，那附上他夫妻倆身子暴走墜樓的那隻大凶，早已魂飛魄散，骨灰被沖進馬桶，沉入化糞池了。

第三篇

業

龍雲

1.

「大哥，」電話裡面傳來小妹的聲音，「爸爸暈倒了，現在正在醫院急救。」

接到這通電話的時候，我正在公司為設計圖苦惱，得知此事，讓我真正體會到什麼叫做晴天霹靂。

我當下腦海一片空白，筆一丟、站起身來，什麼話都沒有交代一聲，就直接衝出了辦公室。直到趕到了醫院，見到了小妹後，心情才稍微冷靜了一點。

爸爸暈倒的這件事情，對我們四個兄妹來說，真的跟天塌下來一樣，所以當我趕到醫院的時候，兄弟姐妹們都已經到齊了。

這時候的父親，已經被送到病房裡，安穩的躺在床上，看起來就好像睡著了一樣。

「發生什麼事情了？」我心急如焚問著小妹。

比起我慌亂到幾乎可以用不知所措來形容，小妹冷靜許多，她將事情發生的經過有條不紊的告訴了我。

打從一大早，小妹就注意到爸爸的臉色不太好，當下小妹就有問爸爸，但是爸爸卻沒有表示自己身體有任何的不適，只說昨天晚上沒有睡好。爸爸打了通電話，準備要去山上找呂師父。但是因爲前一晚沒有睡好，加上胃口不好，爸爸沒吃早餐，就想要出門去。小妹雖然有勸爸爸多少還是吃一點，但是爸爸表示沒胃口，就準備換衣服出門。爸回房換衣服，小妹將早餐收起來，在廚房忙著，結果好一陣子都沒有看到爸出來，覺得有點怪怪的，到爸房間去看，就看到了爸暈倒在房間裡面。小妹雖然很驚慌，但是還是很快打電話聯絡救護車，將爸爸送醫，事情的經過大概就是這樣。

「醫生怎麼說？」我問小妹。

小妹搖搖頭說：「目前還在檢查中，可能還需要一點時間，才能知道結果。」

病床上的爸爸跟平常比起來確實顯得有點不同，彷彿睡著般的臉上，似乎有著難以形容的痛苦。不知道自己心情所致，總覺得即便在昏迷中的爸爸，好像也在承受著痛苦。

然而對現在的我們來說，也只能等待醫生檢查的結果了。

「不會的，」我這時才想起自己身為大哥應有的擔當，「爸平常身體那麼健康，一定不會有事的。」

雖然這麼告訴弟妹們，但是這些話的說服力，連自己都覺得有點弱。

我們就這樣等了好一陣子，終於盼到了醫生前來，然而得到的卻不是答案，而是更讓人不解的情況——我們還需要做更詳細的檢查。

白話點的說法，就是現階段就連醫生也不知道爸爸為什麼會這樣昏迷不醒。

2.

爸爸雖然不是什麼了不起的大人物，但是對我們四個孩子來說，相去也不遠矣。爸爸退休前是個高階的公務員，至於高階到什麼程度，其實實際上的情況我也不是很清楚，只知道不是那種在電視上會看到的大人物，但是生活上卻常常可以見到這些大人物。只是爸爸從來不曾提過工作上的事情，因此實際上我們也只能從旁人對爸爸的態度來體會。

我印象最深刻的是，有一年小學的母姐會，我爸第一次有時間可以參加。過去的他總是忙於公務，沒辦法親自前往，結果得知我爸要到學校，從校長到導師，全部跑到校門口去迎接他。遺憾的是他們並不了解我爸，就我所了解的爸爸，其實很討厭這種排場。雖然當下我爸沒有多說什麼，不過那也是他最後一次參與我們學校的活動。

除此之外，爸爸人緣也很好，常常有些人會來拜訪爸爸，人數早就多到我幾乎沒辦法記得自己見過那些人，除非是那些常在電視上出現的，其他根本就是看過就忘。即便已經退休，爸爸的日常生活還是挺活躍的，還是一樣不常待在家裡，偶爾待在家裡，也不乏有許多訪客會來拜訪。

在爸爸入院的這天，醫院幫我們安排了特別的樓層，幾乎沒有什麼其他病患。而許多常常在電視上面露臉的大人物，也紛紛前來慰問我們。即便不克前來，也會特別派人前來。病房裡面根本已經擺不下那些人帶來的水果籃，都擺到了外面的護理站了。如此大概也可以想見爸爸在退休前，應該眞的是個政府單位很重要的人士。

對其他人來說，都已經如此了，對我們四個子女來說，爸爸更是宛如我們的上天。由於我們的媽媽早逝，爸爸一手把我們四人拉拔長大，雖然常不在家，但是對我們四人的關心，卻從來不間斷。許多小細節都可以看得出，即便忙於公務，爸爸還是把我們四人的狀況放在心上。他不曾忘記過我們每一個人的生日，對於我們在學校的情況，也都瞭若指掌，他甚至記得我們每個人的導師，還有好友的名字，即便偶爾放假在家裡，也幾乎都耐著性子，聽我們每個人分享自己生活上的點滴。

對一個家庭工作兩頭燒的人來說，爸爸已經做到了他的一切，這點我們四個子女都非常清楚。雖然我曾經在叛逆期，跟爸爸有些摩擦，但是如今長大之後，也慢慢了解到，那些都是爸爸對我的期待，父子倆也早就已經不計前嫌。

當然這些對現在的我們來說，一點也不重要，現在最重要的還是快點搞清楚爸爸爲什麼會暈倒。

眼看檢查可能還需要一段時間，甚至需要好幾天的情況，我們四人也商量了一下該怎麼應對。

爸很重視隱私，對於請看護這件事情，並不是很喜歡，這點我們兄妹都很了解。所以在商量後，我們決定還是不要請看護，就由我們兄妹輪流，來醫院照顧爸爸。

既然身爲大哥，本來就應該以身作則，所以我自願擔任第一個在醫院裡面陪著爸爸。早上接到消息的時候，因爲太過於驚慌，所以我什麼都沒說，就直接衝出辦公室。在確定爸爸的情況之後，我才想到要打通電話回公司。還好公司的人都很好，上司知道情況後，沒有責備我。同時因爲照顧爸爸，可能需要徹夜未眠，所以我向公司請了假。上司不但很體諒我目前的狀況，還約好了過幾天會特別來醫院拜會我爸爸。

掛上電話，二弟阿憲朝我走了過來。

「大哥，」阿憲說，「你不是正在忙開發案嗎？我們討論了一下，我們的工作比較不重要，隨時都可以找人代班，大哥你那邊應該不一樣，沒有你的設計圖，下面的人不是都沒飯吃了？所以我們討論說可以多輪幾班，你還是先回家休息吧。」

這樣的話如果聽在別人的耳中，或許可能有點諷刺的涵義，但是我們兄妹之間的情感，都是發自內心的。尤其是二弟阿憲，是兄弟姐妹中最體貼其他人的一個。所以聽到他這麼說，我內心確實感覺到溫暖，原本一直懸在空中的心情，也比較平靜了一點。

對啊，我並不是得要一個人面對這一切，我還有這些兄弟姐妹可以依靠。

我拍了拍阿憲的肩膀，搖搖頭說：「沒問題，我已經跟公司請假了，今天就我來吧，你帶阿忠跟妹妹早點回去，醫生也說了，明天才會安排其他檢查。」

阿憲聽了點了點頭，但是臉上還是顯得有點不安。

我安慰著他說：「說不定半夜爸就醒來了，還很驚訝我們爲什麼要把他送醫院呢。」

阿憲也聽得出我是在安慰他，勉強的笑了笑。

沒有人知道，這檢查最後會變成怎麼樣，也沒有人知道，我們到底會在這裡多久，所以現在眞的也只能做好準備，走一步是一步了。

於是最後我們照著原本的討論，輪流守夜，聯手一起度過這對我們家來說，無疑是最黑暗的時刻。

3.

弟妹都離開之後，整間病房就只剩下我跟爸爸，還有那些圍繞著病房的水果籃。

病床上的爸爸，就跟睡著了一樣，靜靜的躺著。

我坐在病床邊，凝視著這張熟悉的臉。不知道是不是自己心理作用，總覺得現在的父親看起來比平常……不，甚至比我有印象以來的任何時刻都還要蒼老。

臉上的皺紋，感覺比以前都還要深刻，這也讓我眞的有了心理準備，或許爸爸是眞的病了。

這樣的想法讓我心慌，我眞的從來不曾想過爸爸會離我們而去，我完全沒有半點心理準備。

雖然就一般的情況來說，父母的離世恐怕是每個子女都需要面對的問題，但或許是因爲媽媽死得早，所以對媽媽的離世我們都沒有什麼太大的感覺。至於爸爸雖然退休了，但是看起來身體很健朗，根本想不到會有這樣的情況。

說眞的，關於爸爸會死這件事情，我還眞的是連想都沒有想過，說穿了，就是不相信這件事情會距離這麼近，總覺得應該還要二、三十年，等我們都稱得上是老年人的時候，才需要去想的問題。

坐在爸爸的床邊，我眞的體會到什麼叫做天有不測風雲。

我握著爸爸的手，感受到了爸爸手心傳來的溫度，我低頭靠在床邊，雖然沒什麼信仰，但是我仍然祈禱著一切都會好轉，爸爸很快就會醒來。

就這樣維持了一陣子，白天的疲勞與驚慌，化成了睡意，讓我不知不覺睡著了。

彷彿聽到了什麼，我猛然抬起頭來，看著爸爸，爸爸仍然閉著雙眼，躺在病床上。我很確定自己剛剛是因爲聽到了什麼才會驚醒過來，既然不是爸爸，我第一個聯想到的就是來查看爸爸狀況的護理師。

我自然的轉過頭去，看向門口，這一看我頓時倒抽一口氣，門口確實站了一個身影，不過絕對不是護理師。那是一個完全陌生的老年人，穿著一身白色的衣服，臉色極度蒼白，加上過度的脫水導致幾乎有如白骨。

雖然我不知道這層樓還有些什麼樣的病患，但是像這樣恐怖的病患，又三更半夜出現在別人的病房中，絕對不是正常的情況。

就當我還在考慮要按下呼叫鈴、請護理師來將老人家帶回去的時候，那白骨般的老人突然張大了嘴叫了出來。

「啊——！」

老人的聲音十分淒厲，讓我雙肩一縮，嚇了好大一跳，不過更恐怖的還在後面，只見老人一邊叫，一邊整個人就好像融化一樣，整個人轉瞬之間就消失了。

我因爲過度驚嚇張大了嘴，愣在原地好一會，好不容易回過神來，仔細看著白骨老人消失的地方。

白骨老人所站的位置，距離廁所與病房門口，差不多幾步的距離，按理說以老人家的身形，不可能快到我雙眼跟不上的地步。如果剛剛我視線有移開的話倒還好，但是我剛剛就一直盯著他，眼睜睜看他宛如融化了一般，在我眼前消失，讓我還眞的找不到任何一點理性的看法，來釐清剛剛自己親眼目睹的畫面。

雖然心有餘悸，不過還好對方只是現身又消失，所以即便感覺到恐懼，倒還不至於到奪門而出的地步。我摀著自己的胸口，想到了床上的父親，轉過身查看一下父親的狀況，結果一回頭，就看到一雙蒼白又恐怖的雙手，掐著爸爸的脖子。

那雙手是凌空出現的，靠近手肘的地方之後完全沒有東西，就只有這麼一雙手。

看到這景象，我也沒有多想，立刻上前一步想要去拉開那雙騰空的手，結果才剛踏出一步，剛剛出現過的那個白骨老頭，突然出現在我的面前。我嚇了好大一跳，差點就跟那個白骨老頭貼在一起，我整個人猛然後退，一連退了好幾步，直到背部大力的撞上了病房的門。

這時我才看清楚，不只有那一雙手，就連那顆頭也是騰在半空中，脖子以下全部都是空的。

我嚇到差點尿出來，立馬衝出病房，找護理師幫忙。

好不容易把護理師找來，我們兩個一起衝進病房，結果整間病房裡面只有爸爸一個人安靜的躺在病床上，根本沒見到白骨老人的身影，爸爸的狀況也沒有半點改變。

雖然我盡可能想要找到一些白骨老人出現過的蛛絲馬跡，但是卻完全沒有辦法證明，最後只換來護理師無情的白眼。

那晚我徹夜未眠，除了擔心爸爸的狀況之外，還得提防在病房中不知道會從哪裡冒出那個白骨老頭與那雙會掐人的手，就這樣守到了天明。

第二天一早，在經過一個晚上的考慮之後，我想跟院方提出更換病房的請求，結果我還沒有找上院方，一大早院長就帶著幾名醫師來到了病房，告訴我他們要把爸爸換到最好的病房。

原來是昨天有太多大人物前來探望爸爸，驚動了高層，因此今天爲了提供爸爸最好的服務，也可能是其中某位大人物跟院長聊過，總之醫院第二天幫爸爸換到了最高級的病房。

我當然二話不說欣然接受。

至於昨晚發生的事情，我認爲那是我經歷了人生中第一次的撞鬼事件。當然對於這人生的第一次，我的看法是，那個白骨老人，應該是這間醫院或者是這間病房往生的患者，因爲爸爸躺了他的病床，所以才會這麼激動吧？

這絕對是個合情合理的推斷，也是個非常適合安慰自己的說詞。

既然換了病房之後，這種情況就不應該再出現了吧？

我是這麼想的，所以對於前一晚那讓我膽戰心驚的畫面，我並沒有跟弟妹們提起。等到來換班的二弟到了之後，我便拖著徹夜未眠的疲憊身軀，回到家中，倒頭就睡。

4.

接下來的幾天，正如二弟所說的，我手邊還有一些工作，實在抽不出身，所以就沒有進醫院。但是我還是有隨時注意爸爸的狀況，以及檢查之後的結果。

這幾天醫院幫爸爸做了所有我所聽過的檢查，但是仍然找不到爸爸暈倒的原因，雖然爸爸的狀況還算穩定，但是如果這樣一直持續下去，肯定會對身體帶來嚴重的損傷。因此醫院方面也很著急，希望可以盡快找到讓爸爸昏迷不醒的原因，這點我倒是一點也不懷疑。

我們幾個兄弟姐妹也稍微討論了一下，看情況爸爸很可能還需要在醫院待上一段時間。爲了減輕弟妹們的負擔，我趁這幾天把工作也稍微整理了一下，爲接下來的輪班做準備。老闆跟同事都很體諒我，也在工作上協助我許多，然後就輪到了我該去照顧爸爸的日子了。

經過這幾天的忙碌，讓我完全忘記了那晚在病房裡面經歷的情況。所以當我到醫院的時候，還是依照上次的記憶，來到了那間撞鬼的病房，結果門一開，這一次反而是裡面的病患與他們的家屬，像是看到鬼那樣的看著我這個直接闖入的不速之客。也就是透過他們的神情，我才猛然想起了那天晚上恐怖的記憶。

我慌張的跟對方道歉退出了病房，才想到爸爸已經轉到其他病房，但是因爲那天轉病房的時候，我已經先行離開，所以對爸爸轉到哪間病房並不清楚，於是我就近詢問了護理站裡面的護理師。

結果還眞是出乎我意料之外，原來在那之後爸爸不只轉了一次病房，護理師那邊也是查了一會兒之後，才查到爸爸現在轉到哪間病房。

就這樣在醫院折騰了將近一個小時，我才順利來到爸爸所在的病房。

爸爸所在的病房，位於其中一棟大樓的高樓層，搭了電梯之後，需要經過一條小走廊，走廊的盡頭有一扇門，門外站了一個保全，需要查明身分之後才能夠進入。

看到這樣的排場，我心裡想著如果所謂的病房也有總統套房，那麼這裡應該就是了。在確定我的身分之後，我終於得以進入病房區。

經過幾天的輪値，昨天晚上負責陪伴爸爸的是小妹小圓。因爲不知道房間裡面的狀況，所以我盡可能小心不要發出聲音，以免吵醒休息中的小圓或爸爸。

我走入病房中，病房的佈置很典雅，除了中央的病床之外，還貼心的在牆邊準備了另外一張床，看起來就是給陪病的家屬用的。

中央的病床上，爸爸看起來就跟前幾天一樣，安靜的躺在那邊，這些都一如我的預期，不過真正讓我覺得納悶的是，昨天負責照顧爸爸的小妹人呢？

可能去買早餐之類的吧？

正當我這麼想的時候，我注意到爸爸病床邊似乎有什麼東西，我靠過去看清楚，結果赫然發現那竟然是一雙人的腳。

嚇一跳的同時，我的腦海裡面也頓時浮現出前幾天那個恐怖的回憶，不過等到我退了兩步，定睛一看才發現那雙腳的主人，是我最熟悉的小妹，不知道什麼原因，小妹竟然倒在爸爸的病床邊。

「小圓！」

我叫了一聲後，上前查看小妹的狀況，原本還擔心小妹會不會跟爸爸一樣，就這樣昏迷不醒，結果剛搖她兩下，小妹立刻有了反應。

小妹一張開眼，立刻跳了起來，並且一臉驚恐的看著我與爸爸，過了一會兒之後，才逐漸緩和下來。

與小妹相反，我的心情隨著小妹的情緒而逐漸緊繃了起來。

「妳還好吧？發生什麼事情了？」我問。

小妹一臉驚魂未定，看了看四周之後，側著頭說：「我……也不清楚。」

「……妳看到什麼了嗎？」

聽到我這麼一問，小妹瞪大雙眼的看著我，沒有回答我的問題，反而是提出了另外一個問題：「大哥你也有看到嗎？」

「我連妳看到什麼都不知道。」

小妹看了我一會，才把昨天的情況告訴我。

昨天半夜她躺在旁邊的床上睡覺，打算每隔一個小時起來看爸爸一次，結果才剛睡沒多久，就聽到好像有人走動的聲音。她本來以爲是護理師進來查看爸爸的狀況，所以就沒有特別爬起來，結果聲音越來越多，感覺已經不像是一個人的聲音，小妹覺得奇怪，沒理由一下子跑進來那麼多的護理師，所以勉強爬起來看。不看還好，一看之下小妹整個人嚇到跳起來，只見原本空曠的病房，這時候站滿了大大小小的人。大約有十多個人，就這樣站在爸爸的病床邊圍著爸爸。

看到這景象的小妹，當下除了嚇到之外，也很擔心爸爸的狀況，所以立刻下床跑去爸爸的病床邊。

「你們是誰啊？你們要幹嘛？」

小妹一邊叫著，一邊朝病床靠過去。

這些人圍著爸爸的病床，所以小妹只能推開其中一個人才能擠到病床邊，好不容易確認了爸爸沒事，這些人圍著病床也只是杵在原地看著，小妹鬆一口氣，抬起頭來正準備驅離這些人，小妹這才看到了這些人的臉孔。

只見他們一個個臉都像是電影裡面的殭屍一樣，乾枯而扭曲，有些人的臉還潰爛不堪，看起來十分恐怖。見到這些恐怖的殭屍群，小妹一口氣提不上來，就這樣嚇暈了過去，直到剛剛被我搖醒為止。

當然，我也把我當天晚上看到的那個白骨老人告訴了小妹。

「我在想二哥跟三哥會不會也有見到，因為他們兩個也不約而同在第二天就要求換病房。」

聽到小妹這麼說，我還真是啞然失笑，我們一家子絕對會在這家醫院留下非常不好的記錄，幾乎每天都要求換病房。如果不是爸爸人脈真的太驚人，我看我們應該早就被醫院驅逐出去了。

不過現在知道情況之後，我覺得我們需要討論一下了。於是那天下午，我們四人聚集在一起，並且跟醫院借了間小房間，進行了一場家庭會議。

我們整理了一下目前所遇到的狀況，爸爸突然暈倒，醫院檢查也完全找不到原因，然後每天到了半夜，總會有鬼魂想要到病房來「探望」爸爸。

為了盡可能釐清一下狀況，我們四人把每個晚上見到的鬼，全部都開誠布公的說了出來。

我遇到的是個消瘦宛如白骨的老人，二弟遇到的是個長髮的女人，三弟則是肢體異常的中年男子，小妹遇到的則是一群看起來就好像殭屍般的男女。

我們四個人遇到的鬼魂都不一樣，病房也不同，而且這些鬼魂似乎都想要對病床上的爸爸不利。

雖然說我不是什麼無神論者，但是我也絕對不是那種迷信的人，在那晚爸爸病床邊，是我第一次看到那種恐怖的鬼魂。

「我記得小圓說過，」三弟轉向小妹，「爸爸暈倒那天臉色不太好。」

小妹點了點頭說：「真的很不好，那種感覺……就跟我們這幾天看到彼此一樣。」

簡單來說，就是徹夜未眠或者是撞鬼。

「然後，爸說他不想吃早餐，沒有胃口，」小妹接著說，「我想勸爸爸多少吃一點，結果爸爸正在打電話。」

「嗯。」

這點在爸爸暈倒那天，小妹就已經有跟我們說過了，所以我們三個人也知道爸爸那天打電話給誰。

「或許，我們眞的該找那個人談談了。」我對其他人說。

其他人都點頭表示贊同。

對我們來說，爸爸的人脈，一直都是陪伴我們成長，最重要的東西。

爸爸對我們兄妹很好，不光是我們這麼認爲，只要每次爸爸的朋友見到我們，總是會宛如耳提面命般提醒我們：你們的爸爸很愛你們，總是掛念著你們，不管多忙，他總是會想把你們放在心上。

對於這點，我的弟妹們絕對不會有任何的意見，但是我確實在成長的階段，跟爸爸有過一段時間的反抗與對立。

或許同樣都是長子的緣故，所以爸爸對我的要求，比其他弟妹來得要嚴格許多。不，我甚至可以說，只對我一個人有所要求。

對弟妹們來說，爸爸是個完美的父親，幾乎完全可以尊重他們的意願與想法，讓他們自由自在的活在世上。

像是二弟說希望可以做些像是保全之類的工作，第二天爸爸就幫他在信義區那些豪宅林立的地方，找到了保全的工作。要知道想要當那些豪宅的保全，可沒有那麼容易，畢竟住在裡面的人非富即貴，聽說有些保全的遴選，比起憲兵的身家調查還要嚴格。但是爸爸就是有那個人脈與辦法，讓二弟不到一個禮拜就正式上班。

當然二弟也沒有讓爸爸失望，這些年來跟住戶們的關係很好。我覺得這方面，二弟比起我還要更像爸爸。他總是可以跟人打好關係，不管是求學還是進入社會，跟同學與同事都能相處融洽。這跟二弟的人格特質有著密不可分的關係，他十分善解人意、體貼身邊的人。

我必須強調一下，我沒有職業歧視或者是貴賤之分，但是相同的事情，絕對不可能發生在我身上。我相信我絕對沒辦法像二弟一樣，想幹什麼就幹什麼。因爲對於我的未來，爸爸總是有很多規劃與想法。

對其他弟妹來說，爸爸既包容又溫柔；但是對我來說，爸爸是個嚴肅又嚴格的人。私下我總是說，我像是被撿回來的，如果不是弟妹們的體諒與安慰，說不定在反抗最嚴重的時期，我很可能會離家出走，一去不回頭。

後來經過一段時間的反抗之後，我慢慢從那個不平衡中走了出來，與爸爸之間的關係，才逐漸獲得改善。當然在這之中，弟妹們功不可沒，在我們鬧得最僵的時候，三人在中間爲我們的關係緩衝了不少。與爸爸的關係改善之後，日子自然就變得快樂許多。

當然爸爸的人脈，我也同樣受惠。在我考上建築師執照的第二天，就已經有知名的公司通知我直接去上班了。

像這樣感覺無遠弗屆的人脈，即便在爸爸退休之後，還是沒有改變。唯一有變化的，大概就是退休之後，爸爸待在家裡的時間，比起退休前多了這麼一點點，而且還眞的是只有一點點。

而在這些廣大的人脈之中，爸爸確實有幾個特別要好的朋友，也是常常會到我們家裡作客的客人，其中一個就是呂師父。說到這個呂師父，是一位著名的高僧，在山上有一座相當知名的廟宇。雖然說師父本人不見得到舉國皆知的地步，不過單純就知名度來說，也是大部分的人都聽過的名字，所以在這邊就不說他廣爲人知的法號了，還是用他出家前的姓氏作代表。

對我們來說，呂師父就像是叔叔伯伯那樣親近，所以一想到這件事情，很可能超過我們所能理解的範圍時，我第一個想到的就是呂師父。

因此我們四兄妹商量了一下之後，決定打通電話給呂師父，希望可以得到一點「專業」的建議。

5.

呂師父在接到我們電話之後，立刻從廟宇趕下來，在晚上的時候抵達了醫院。

「唉，你們怎麼會那麼久才跟我聯絡？」看完爸爸的狀況之後，呂師父感嘆道。

「對不起，呂叔叔，」我代表兄妹四人發言，「因爲爸爸突然暈倒，我們這邊也慌了，當時眞的是一團亂，所以沒想周全。」

這點其實我們四人也有點訝異，因爲不知道爲什麼我們四人都以爲呂師父已經知道了，畢竟那一天爸爸跟他有約。

「因爲最近在辦法事，」呂師父說，「所以眞的很忙，那天你爸說要上來找我，結果……你們也知道你爸，改變計畫也不是什麼新鮮事了，我以爲你爸這次又突然不知道忙什麼，所以我這邊一忙，也忘記問一下。」

在了解爸爸的狀況，以及我們經歷的事情之後，呂師父看了一下四周。

「我們換個地方講好了。」呂師父說。

於是我們帶著呂師父，來到了下午我們開會的那間會客室。

「你們看到的那些，」呂師父說，「確實跟你們想的一樣，是衝著你爸來的。」

「爲什麼？」

「我現在看起來啦，」呂師父摸著下巴說，「比較像是有人搞鬼，想要對你爸不利。」

我們聽了面面相覷，完全無法理解，畢竟爸爸爲人和善，光是從他的人脈，就可以了解到他的好人緣，實在很難想像他會有這樣的仇家。當然，對於爸爸在職場上或者是我們還沒有出現的人生之中，有沒有發生過什麼事情，我們說眞的也不是很了解。

「你知道你爸從政那麼多年，」呂師父感嘆的說，「從來都不曾貪污過，做事認眞、盡心盡力，所以被很多長官重用。」

我們點了點頭。

「也因爲這樣，」呂師父接著說，「所以朋友多……當然也少不了會有些敵人。」

聽到呂師父這麼說，我們臉上不約而同沉下了臉。

「我們有辦法知道那個人是誰嗎？」小妹憤慨的說。

「可以調查看看，不過……」呂師父搖搖頭說，「我想兇手是誰，我們可以再慢慢查，現在最重要的，還是先幫你爸度過這個難關。」

在呂師父的解釋之下，我們才知道事情的嚴重性。呂師父研判，我爸之所以會昏迷不醒、病房裡面會出現這麼多鬼魂，都是因爲被人下了咒。

「對方很惡毒，還特別挑了鬼月做這種事情，」呂師父掐指一算說，「就是要讓你爸過不了中元節。」

「不就是後天了！」三弟哀號。

「那現在來得及嗎？」我問。

「唉，」呂師父深深的嘆了口氣，「辦法是有啦，不過……」

「呂叔叔，你就直說吧。」我說。

「你爸可能不會贊成。」

「怎麼說？」

「因為這個辦法，」呂師父說，「需要你們兄妹四人一起，少任何一個人都不行，而且還有點危險。」

聽到呂師父這麼說，我們四人望向彼此。

「如果你們真的有決心，」呂師父皺著眉頭說，「甚至連為爸爸犧牲也在所不惜，那麼或許還有機會。但是如果你爸清醒的話，絕對不會允許你們做這樣的犧牲，所以我必須要確定，你們真的有那個決心嗎？」

憑著這些年跟爸爸的感情，弟妹們很快就點了點頭，結果反而只剩下我一個人，沒有點頭。

我多少還是在意呂師父所說的「危險」，畢竟現在能夠代表四人做決定的人也只有我了，所以我有點遲疑。

彷彿看出我的心思，呂師父對著我說：「當然，只要小心一點，應該不會有事。」

聽到呂師父這麼說，我也才緩緩的點了點頭。

「不過你們得要真的下定決心才行，畢竟這種事情，一旦要做，就不能臨陣退縮。」

當然，這樣的決心，我想不只有我，就連弟妹也絕對沒有問題。

「你爸很可能是被人下咒，」呂師父說，「所以進入了一種招鬼的狀態。平常或許還好，但是後天就是中元節，到時候會有大量的鬼魂出沒，他們會把你爸爸當成仇人一般，攻擊你爸。」

我腦海裡面頓時浮現出白骨老人掐著爸爸的畫面。

「你們先前看到的，」呂師父接著說，「只是孤魂野鬼，所以不會有太大的傷害，但是後天聚集而來的，可都是陰曹地府放出來的惡鬼。」

「那我們該怎麼做？」

呂師父看了我們一眼之後，把他的辦法告訴了我們。

對現在的我們來說，呂師父就好像迷霧之中的燈塔，給了我們四人方向，可以救回自己的爸爸。

6.

實際上到底是呂師父的人脈，還是爸爸的人脈發揮了作用，這點我也不清楚。總之到了中元節當天，不只有爸爸所在的樓層，就連下面三層也通通都清空了。能夠出入這幾層的人，除了我們四個親人之外，就只有呂師父與他的弟子們。

從一大早呂師父就指揮著弟子們，開始在各樓層忙進忙出。

面對即將襲來的鬼魂大軍，他們需要做好需要的準備。

照呂師父的安排，我們兄妹四人一人負責一個樓層，最下面的樓層由小妹負責，會準備許多冥紙，用來奉獻給這些一擁而上的鬼魂。而第二層是三弟負責，準備的是素果等東西，淨化他們這一年來在地獄受的苦難。第三層由二弟負責，準備的則是三牲等肉品，希望讓他們飽餐一頓。

就跟外面的中元節差不多，只是我們在醫院裡面，分成了三層來祭拜這些惡鬼，希望他們可以在收到那麼多好處之後，放棄對爸爸動手的念頭。

除此之外，他們三人會穿上白色的衣服，然後在口袋塞冥紙，化身成爲散財童子，將錢財分給鬼魂們，並且他們會五體投地，希望代替父親表示自己的誠意。

至於我則負責爸爸所在的樓層，如果說前面三層樓是敬酒，那麼我這層就是罰酒了。我會在呂師父他們特別請來的神像前，誦讀經文，讓那些惡鬼們知難而退，如果還是執意前進，那麼在爸爸病房裡面的呂師父與他的弟子們，就會跟他們決一死戰，誓死保護爸爸。

因爲那些經文我根本不熟，也不會唸，所以整個早上就跟呂師父的弟子學讀經文，小小本的經文被我用熟悉的字音標注在許多地方，寫得密密麻麻的。

在經過了倉皇的準備之後，夜晚來臨，終於到了最重要的時刻。

「如果你們感覺到身體不適，就不要耽擱，立刻從逃生門逃上來。」呂師父這麼告訴弟妹們。

三人分別前往各自的樓層，我也在護理站的神像前，開始自己的工作。

照呂師父的說法，只要能夠熬過從十一點半到十二點半這段時間，爸爸應該就可以獲救。

我開始照著經文開始唸，在空蕩蕩的護理站裡面，只剩下我的聲音還迴盪在其中。我不禁想著，如果有人不小心誤闖進來，說不定真的會被眼前的畫面嚇到屁滾尿流。

我盡可能專注在這些經文上，不過總覺得內心有種毛毛的感覺。

唸了好一陣子之後，喉嚨開始感覺到不舒服，但是我不敢停下來，只能任由喉嚨乾癢難耐，我還是用已經音調詭異的聲音，繼續勉強讀著經文。不知道從什麼時候開始，我有那種一旦我停下來，不只有爸爸會遇害，連我的頭都會當場被扭下來的錯覺。在這種恐懼感的驅使之下，我完全不敢停下來。

另一方面，我一直在自己眼角的餘光，看到了許多不明的身影，那些身影都是稍縱即逝，就好像圍繞在我附近的鬼魅。我不敢將視線轉過去，不是害怕看到什麼，而是面對這自己完全不熟悉的經文，我真的需要緊緊看著，才不至於唸錯。

就這樣忐忑不安的唸著經文，我根本不知道經過了多久，只覺得喉嚨的痛楚已經到了極限，彷彿裡面已經乾裂到出血了，但是我還是用著幾乎快要發不出聲音的聲帶，奮力唸著經文。

我從來都不知道原來不間斷的誦經，會是如此痛苦與困難的事情。

這時突然一隻手，就這樣架在我的肩膀上，讓我頓時嚇到，那原本就已經乾枯的喉嚨，也頓時發不出聲音，誦經也到此中斷。

「時間已經過了。」

我抬起頭來，來的人正是呂師父。

呂師父沉著臉點了點頭：「應該會沒事了。」

聽到呂師父這麼說，我鬆了一口氣，內心也爲自己不知道爲什麼那麼緊張感到好笑。

說眞的，如果要問我的話，我也不是很確定，我唸經的時候看到的那些身影，是不是眞實存在，還是因爲自己過於害怕，才會這樣疑神疑鬼。總之情況就跟呂師父說的一樣，只要小心一點，似乎沒有什麼危險。

「你先去病房看一下你爸，」呂大師說，「我去樓下叫他們上來。」

「……好。」

我點了點頭，站起身來，雙腳因爲跪太久而麻痺，不過擔心爸爸的心情，還是驅使著我一步步朝爸爸的病房走去。

病房裡面，爸爸依然安靜的躺在病床上，不知道是自己心理作用，還是眞的有效，此刻父親的氣色感覺比先前還要來得好很多。

我試著搖醒爸爸，但是爸爸還是沒有反應，看到了爸爸還是沒能醒過來，不免讓我擔心，這一切到頭來會不會只是一場空？不過我們已經盡力了，如果這就是最後的結果，或許我們也只能接受了。

我內心想著，如果等等弟妹們上來看到爸爸還是沒能甦醒過來，一定也會很失望，自己需要好好安慰他們。

這時病房的門開了，我轉過頭去，一臉狐疑的看著走進門的呂師父，因為進來的只有呂師父一個人。

「他們呢？」

呂師父一臉沉痛，緩緩的搖搖頭。

我不是很了解師父的意思，正想要開口問，一個熟悉的聲音從我身後傳來。

「阿昌啊？」

我轉過頭，爸爸仍然躺在病床上，但是他的雙眼不再緊閉，而是直直的看著我。

7.

看到爸爸醒來，在等待醫師趕來的期間，呂師父將這個難以置信的消息告訴了我。

弟妹們沒能順利逃出來，他們堅守到最後一刻，最後不幸被鬼魂殺死了。

在找來醫生檢查爸爸狀況的時候，我立刻到樓下去看，即便呂師父極力阻止，要我交給他們處理，不過我還是堅持要親眼看看。

三人不約而同陳屍在逃生口的地方，情況看起來確實跟呂師父說的一樣，他們都堅守在崗位上，導致延誤了逃跑的時機，最後都差一步沒能逃出來。

我心痛到癱軟在地上，完全沒辦法接受這樣的事實。我抱著小妹的屍體，放聲痛哭，根本連接下來發生的事情都沒什麼印象。

只知道警方有來到現場，然後呂師父負責跟他們交代事情的經過。

我則是徹底崩潰，根本不知道自己是怎麼度過那一個夜晚的。

我不知道後來警方與院方是如何處理的，警方所有的問題跟後來處理的狀況，都是由呂師父跟他們處理。

面對這樣一夜之間失去三個手足，眞的讓我感受到前所未有的哀痛。所以過程到底是怎麼熬過來的，我幾乎是一片空白，唯一讓我回過神來的，是在殯儀館的警方面前指認三人遺體的時候。

三人的表情都十分猙獰、扭曲，看起來就像是死前遭遇過極度的恐懼與痛苦。

除此之外，尤其是二弟阿憲的雙手，抓到整個指甲都翻掉了。小圓的右肩則是整個凹陷、變形，導致左右不平衡，身體看起來就好像畸形一樣。三弟則是容貌扭曲，死前受到極度驚嚇的狀態，死後仍然殘留在他的臉上。

三人死狀太過於悽慘，不只是怵目驚心，甚至讓我雙腿一軟、整個跪倒在地上痛哭失聲，還需要員警攙扶才有辦法站起來，最後還是呂師父送我回到家中。

等我稍微平復崩潰的情緒、可以回到醫院的時候，已經是第二天的事情了。

爸爸的狀況眞的很好，從醒來之後，不僅胃口大開，而且精神也非常好。

不過我跟醫院方面還是不太安心，因此特別安排了一些檢查，希望確定爸爸百分之百健康之後，才能夠安心出院。

我不敢把三個人已經去世的事情告訴爸爸。不過我也知道，這件事情紙包不住火，遲早要跟爸爸說，畢竟爸爸甦醒之後，三人一直不見身影這件事情，爸遲早會問。如果可以的話，或許在醫院說比回到家裡說好，畢竟如果爸爸接受不了這個打擊，身體出了狀況，至少還可以立刻有醫護幫忙。

但是一直到現在爲止，我還是不知道該怎麼說。

就在這時，呂師父來了。呂師父知道我的困境，拍拍我的肩膀，要代替我去跟爸爸說明情況。這對我來說，眞的是無比的解脫。我是眞的不知道該怎麼說。

呂師父讓我在病房外等待，然後自己進去跟爸爸說。過了一會兒之後，呂師父走了出來，示意我進去。

我走進病房，爸爸就坐在床上，不久前復原的活力頓時消失得無影無蹤，只剩下憔悴與心碎的模樣。

看到爸爸這個模樣，我的情緒也跟著潰堤，我們父子倆抱在一起痛哭。

「你要代替弟妹們，好好活下去，知道嗎？」爸爸哭著跟我說。

爸爸在當天晚上出院，我們兩個一起回到家，面對空無一人的家，就跟我心情一樣，彷彿眞的被掏空了一樣。

從今以後，就只剩下我跟爸爸兩人相依為命了，這恐怕是我做夢也不敢想像的事情。

8.

關於弟妹們的後事，由於爸爸是長輩，在習俗上，比較忌諱由爸爸出面處理，畢竟白髮人送黑髮人，會讓子女有種不孝的感覺。

儘管我非常不以爲然，畢竟他們就是爲了爸爸才犧牲的，但是爲了不讓弟妹們的死，蒙上任何污點，我還是非常願意爲弟妹們做任何我所能做的事情。

當然另外一方面，爸爸才剛出院，雖然身體檢查與外表看起來比起過去還要精神許多，但是我實在不願意爸爸再多受折磨，所以也盡可能自己扛起弟妹們的後事。

出院第二天，除了去醫院辦理相關的手續之外，我還特別找了院長，感謝他在這段時間的寬容與協助。

在離開醫院之前，我想要回去那個地方看一看，那個讓我弟妹們喪命的地方，就當作弔念。

我來到了六樓，醫院恢復了正常的營運，每個爲爸爸清空的樓層，如今又有許多病患與家屬在那邊活動。

由於我只是爲了弔念自己的弟妹們，不想要打擾其他人，所以我靜靜的來到了護理站外。

看著許多護理師在裡面的護理站，實在很難想像當天晚上，小妹一個人守在這裡有多麼恐怖。

尤其是大家都曾經在這裡撞過鬼，不要說守住這層樓了，光是要獨自一個人在深夜待在空無一人的樓層，就已經是一件讓任何自稱膽大的大男人都可能會避之唯恐不及的事情了。

一想起小圓當天光是一個人待在這個樓層，就已經讓我感覺到一陣鼻酸，眼眶濕涼。護理站裡的一個護理師似乎注意到我，我趕忙轉頭，朝著逃生梯的方向走去。

來到逃生梯旁，在那個逃生門前，是他們三個人不約而同陳屍的地方。

爲了守護爸爸與我，他們都撐到了最後一刻，導致太晚逃生，最後死在差不多的地方。一想到這裡，我眞的心如刀割，此刻原本還忍在眼眶中的淚水，不爭氣的流了下來。

我不想被別人看到自己如此懦弱的一面，立刻推開逃生門，躲到樓梯間。

我在那裡待了一會兒，等到止住淚水，稍微平復好心情之後，才朝樓上走去。

來到了七樓，這裡是三弟負責的樓層，我握住門把，正準備開門，手上卻突然一陣刺痛。

我攤開手，發現手上有個不明的東西，刺入我的手上。

我仔細看了一下，由於工作常有類似的情況，所以我很快就找到了讓我感覺到刺痛的元凶，那是金屬的細屑。

但是我仔細看了一下，那門把應該不會有這樣的脫屑才對，所以我內心還是覺得怪怪的，不過現在的我沒有心情去細究這個問題。

拉開門後，外面的地上就是三弟陳屍的地點。醫院的動作很快，幾乎看不出任何一點痕跡。

擔心自己情緒又失控，所以我這次索性就站在門內，不進去走廊了。站在樓梯間默哀了幾分鐘之後，我關上了門，然後朝樓上走去。

來到了八樓，就是二弟負責的樓層。正要伸手去握手把，樓下被刺到的心理陰影，讓我瞬間縮手，不敢貿然去握門把，小心的檢查了一下，想要確定門把上面沒有像樓下一樣有殘留的鐵屑。我仔細的看著手把，雖然沒發現上面有鐵屑殘留，不過卻有另外一個痕跡吸引了我的目光。

逃生門旁是樓梯的扶手，在扶手上有些刮傷的痕跡，看起來就好像有什麼東西在上面反覆摩擦之下造成的。

雖然看到這些痕跡讓我覺得有點怪怪的，尤其是這些痕跡都很新，感覺就是最近才產生的，只是當下我並沒有什麼想法。

推開門後，與樓下一樣，這裡也已經打掃得十分乾淨，完全看不到半點痕跡。看著這樣乾淨到反光的地板，我想起了在停屍間的時候，看到二弟死前的模樣。驚恐與痛苦的神情，加上……那個最讓我心碎，手指甲都翻掉的痕跡。在我的腦海裡面，應該是死前二弟拼命掙扎，想要爬到逃生門的時候，造成指甲翻掉的結果。

默哀幾分鐘之後，正當我要離開，準備關上逃生門的時候，眼角突然掃過一個怵目驚心的痕跡。

在門縫靠近鎖的地方，有一些血跡沒有被清理掉。當然這可以理解，畢竟關上門的情況之下，甚至是打開如果不是特別注意的話，很有可能就會沒注意到這裡還留有二弟的鮮血。

不過讓我不解的是，爲什麼二弟會在那邊留下鮮血？雖然說二弟陳屍的地方，確實離逃生門很近，但說是不小心濺到裡面的，似乎有點說不過去。

我仔細看了一下血跡，然後也看了一下逃生門的鎖，結果我看到了一片小小的東西卡在門縫上。

我用手摳了一下，很輕易就把那片東西弄下來，我放在手上看，還在納悶這是什麼東西。我試著擦去附著在上面的血跡與髒污，一抹之下頓時會意過來。

我知道這是什麼東西了，但是同時我感覺到頭皮發麻，那是一片指甲——二弟翻落的指甲。

9.

在返家的路上，我的思緒被醫院看到的那些東西所影響。門把上的鐵屑、門縫間的血跡、門旁扶手的痕跡、二弟翻掉的指甲、小妹肩膀上的瘀青……將這些東西合在一起，我感覺到不太對勁。

但是我不想要繼續想下去，因爲我很清楚，一旦陷入了陰謀論之中，各種荒謬可笑的可能性，將會顛覆我的思緒。現在的我，最不需要的就是另外一場混亂。在爸爸死裡逃生與三個弟妹犧牲之間，我想我已經有夠混亂的情緒，眞的不需要這種疑神疑鬼來幫倒忙。

只是即便我個人不想要繼續想下去，但是思緒這種東西，往往不是自己所能控制的。就這樣抱著一堆疑惑，我回到了家中。

才剛打開門，就聽到爸爸在講電話的聲音。光是聽到爸爸的聲音，就讓我原本混亂的情緒，稍微平靜下來。情緒是個很奇怪的東西，明明不是一種有重量的東西，但是當有人跟你身處在同一個遭遇，跟你一起承擔或分享那份情緒，確實會讓人有種分擔的感覺。

「這次眞的麻煩你了，」爸爸對著電話那頭說，「不好意思，我已經沒事了，等過些時候，我再親自過去一趟。」

爸爸看到我回來，點了點頭之後，拿著手機一邊說，一邊轉身朝自己的房間走去。

從爸爸的話聽起來，雖然不知道對方是誰，不過大概知道爸爸現在正在四處打電話感謝。畢竟在爸爸暈倒的那段時間，很多人都來探病，在醫院那邊也少不了許多人的打點，因此現在康復了，理應也該跟人家道謝一下。

雖然這些道理我都懂，但是……我總覺得爸爸講電話的神情，是不是有點太開心了？情緒的落差，讓我原本平靜下來的心情，又起了一點漣漪。

這時我注意到餐桌上，放著一張看起來像是白帖一樣的東西，以時間來說，不可能已經印好了白帖，所以我猜想那應該是樣本。

我將白帖拿起來，打開來看，裡面的內容是用手寫的，格式看起來也確實有點像是白帖，在帖子的中間，寫有弟妹們的名字。

我皺起眉頭，立刻察覺到不對，因爲弟妹們的名字寫錯了。這實在是很糟糕的錯誤，我拿著白帖轉身想要去找爸爸。結果我一轉身，就看到爸爸已經站在我的身後，我嚇了一跳，向後退一步。爸爸伸出手來，不是要扶我，而是很快把我手上的白帖給抽走。

「爸，」我安撫著自己的胸口，「上面名字寫錯了，還好我發現了，不然印下去又得要重印。」

爸爸皺著眉頭，沉著臉說：「這不是白帖，這是疏文，你不用問那麼多。」

爸爸說完之後，拿著所謂的疏文，轉身就朝房間走去。

我正打算追上去說些什麼，不過突然感覺到不對勁的地方，讓我頓時止住了腳步。

不管是白帖還是疏文，那張紙上不是列印出來的，而是用手寫的，我認得爸爸的字跡，那看起來並不像是爸爸寫的，所以會搞錯弟妹們的名字，我並不覺得奇怪。

眞正讓我瞬間感覺到奇怪的，是他們寫錯的字。弟妹們的名字最後一個字，都是被寫錯了。不過錯的是字，音是對的，所以我當下以爲對方可能是聽爸爸口述，才會出現這樣的錯誤。

我叫陳國昌、二弟叫陳國憲、三弟叫陳國忠、小妹叫陳佳圓，而在那張紙上寫的卻是陳國獻、陳國中、陳佳元。

而眞正讓我頓時覺得不太對勁的地方，就是把這三個人的錯字排列起來，讓我內心一凜，我從來不曾想過弟妹們的名字讀音會有這樣的組合。如今這樣看起來，眞的讓我覺得有種毛骨悚然的感覺。

突然之間，我的腦海裡面，回想起一件發生在台灣多年前的事情。

我立刻上網，想要應證看看，自己那模糊的記憶。

結果我才剛在搜尋引擎上輸入那三個字，就立刻看到了結果。

沒錯，我看到了事實的眞相，確實跟我的記憶一樣，這個都市傳說是眞的。

事情發生在九〇年代初，一架空軍軍機發生空難，機上乘員全數罹難。而其中有三名將領的名字，剛好在最後一個字就是這次的三個錯字——獻中元。

由於空難的時間點，剛好在農曆七月，種種巧合也讓人毛骨悚然。

那時候的我，根本還沒出生，會知道這件事情，好像是看到節目上，把這件事情說得繪聲繪影，才會特別有印象。

但是我眞正的問題是，這是巧合嗎？

到頭來，我還是陷入了混亂，太多奇怪的巧合讓我覺得實在是太詭異了，我知道我已經沒有辦法阻止自己去胡思亂想了。

10.

我在網路上搜尋了呂師父的資料，希望可以在裡面找到一點蛛絲馬跡。

其實說眞的，我也不知道自己到底想要找什麼，更不知道自己現在對於心中這慌亂的想法，該找尋些什麼樣的線索。

我只知道，我需要一個答案，或者是一個可以讓我把心中的疑惑全部說出來的對象。但是這個對象，不能是爸爸或者是任何跟爸爸有關聯的人。因爲我不希望這些問題，傳到爸爸的耳中。

抱持著這樣的想法，我在搜索結果中注意到了一個上人。

這個上人似乎有很多次，跟呂師父的意見相左，兩人有種較勁的味道。與呂師父一樣，這位上人也是一間大廟的負責人。

印象中自己成長過程中並沒有見過這個上人，也沒聽過爸爸提過這個上人，從網路上報導中兩人爭鋒相對的情況，說不定這個上人可以給自己一點提示或方向。

猶豫了一會兒之後，我還是決定去拜訪這位上人看看。

因為我知道，如果不想辦法讓自己得到一點合理的答案，自己恐怕眞沒辦法接受，更不知道要怎麼樣處理接下來弟妹們的後事。

我來到上人所在的寺廟，跟廟方人員表示自己想要見上人，遞交上了名片之後，結果當然被廟方婉拒。一來沒有預約，二來根本說不清來意，會有這樣的結果我並不意外。

不過我不想要這樣放棄，在跟廟方溝通了好一陣子，到頭來還是需要把爸爸搬出來，才讓對方答應見我一面。

上人的年紀跟呂師父相仿，約莫六十來歲，看起來跟呂師父有著完全不同的氣質。同樣是出家人，呂師父看起來似乎沒有完全遠離俗世，但是上人看起來就完全是個出家人。

「是你爸爸要你來的嗎？」這是上人第一個問我的問題。

「不是，」我說，「我爸不知道我來這裡。」

上人聽了，挑起了眉，從表情上面看起來，很難理解這代表什麼意思。

「那麼找我有什麼事情嗎？」

在上山的路上，其實我也已經大概想過該怎麼說了，所以我立刻把事情的經過，以及目前所有查到的資料，還有我看到的那張疏文跟上面記載的名字，全部告訴上人。上人原本沒有多大的反應，不過聽到了我弟妹們改動的字時，雙眼突然大睜，死命的瞪著我。原本聽得有點心不在焉的上人，還仔細問了我關於中元節那天，呂師父要我們做的事情。我一邊說，上人臉色也逐漸下沉，聽到弟妹們做的事情，上人一直猛搖頭。

講完之後，上人沉默了好一陣子，最後緩緩的搖搖頭。

「唉，眞的是……太惡質了。」上人看著我說，「我推測的情況……實在說不出口，尤其是那位是你的父親，請回吧。」

我怎麼可能就這樣放棄，如果沒有破釜沉舟的決心，我打從一開始就不會來了。

「那就請上人不要當我是他的兒子，現在的我只想知道眞相。」我對上人說。

上人臉上仍然顯得猶豫，我也顧不了那麼多，立刻跪下來。

「求求你了，上人，我眞的不希望自己的弟妹們死得那麼冤，只求一個眞相。」

可能眞的是經不起我的再三請求，上人最後還是答應把他知道的事情說出來。

「我記得那大概是四、五十年前吧，」上人皺起眉頭說，「我跟他都還是廟裡的一個修行僧，那時候發生了一起空難……」

上人口中說的空難，正是我來之前所查詢到的那起事故，當然事件的過程與情況我大概也已經知道了，重點應該還是跟我一開始懷疑的重點一樣，是在處理的後續情況與那些繪聲繪影的都市傳說。

關於這點，上人提出了他自己的看法：「雖然說空難本身，可能眞的是場不幸的意外，不過因爲這些諸多的巧合，讓人不免覺得有點毛骨悚然，甚至就我們後來處理後的觀點來說，確實起到了鎭邪與消災解厄的功效。」

上人的說法，恰恰印證了在我心中的想法。

「所以我猜想，」上人接著說，「就是因爲這樣，才會讓他想要複製當年的事故吧！……只是這眞的也太毒了。」

我聽到這裡，大致上已經了解了關於呂師父那個部分，但是我眞正疑惑的點，恐怕還是在爸爸這邊——爸爸知道這件事情嗎？

或許是看到了我臉上露出了些許疑惑的神情，上人繼續向我解釋。

「我知道你可能覺得光是這樣就斷定這件事情，有點太武斷了。」上人說，「不過我是聽完你說的中元節的三關，才敢做出這樣的推斷。」

「什麼意思？」

「那根本就不是過三關，」上人停頓了一會，沉著臉說：「在我看來根本就是邪魔歪道。」

「穿白衣帶冥紙不是什麼散財童子，」上人一臉正氣的說，「那是備錢上路，隨時準備好歸西，然後還五體投地趴在地上？根本就是祭品。」

聽上人所說的話，我不只覺得怒火中燒，憤怒到了極點，還有一種被人當成白癡耍的感覺。

「所以，」上人正色道，「他們三個本身就是祭品，打從一開始就要他們三個犧牲了，那些什麼準備冥紙啦、祭品啦，都是假的，真正的祭品，就是他們三個人啊。」

聽到上人這麼說，我想起了當時在醫院的情況，我的手依稀感覺到當時開逃生門的刺痛感，如果把鐵屑跟那把手旁邊的痕跡連在一起，加上上人所說的，恐怕眞如上人所說的一樣。呂師父一開始就打算犧牲他們三個人，因此他找人把逃生門用鐵鍊或者是鐵條給卡死了，這些留下來的痕跡，就是最好的證明。

因爲逃生門的設計，從樓梯間沒有辦法上鎖，所以他才只能用這種辦法將門堵死，讓他們三個人沒辦法逃出來。

這就是爲什麼小妹的肩膀上會撞到變形，二弟的指甲會翻掉的原因，他們都是爲了要撞開或撬開逃生梯的門。

「至於爲什麼會發生這樣的事情，」上人做出了結論，「這恐怕就要問你父親了，不過我想這跟當年那起事件脫不了關係。」

「那起事件？」

上人看了我一會兒之後，才告訴了我一件我從來都不知道的驚天大事。原來多年前因爲爸爸的決策錯誤，導致了很多百姓傷亡。可想而知，那些慘死的人們，對爸爸有多大的怨念。所以根本不是什麼被人下了咒，而是自己挖的墳。

「那些冤魂應該想報仇很久了，」上人說，「我想你爸他們早也知道，所以打從一開始，恐怕就已經計畫好了，用這個辦法幫你爸爸續命，躲過那些冤親債主來索命。」

就算身爲爸爸的親兒子，即便我想要幫爸爸辯解，恐怕也已經找不到任何說詞了，因爲一切連結都擺在我的眼前，就只差我自己願不願意承認了。

「這……就是你想要的眞相。」上人沉重的說。

11.

綜合我所查詢的資料，跟上人所說的事情，大致上讓我得以拼湊出整起事件的始末與原貌。

我盡可能屏除個人的情感與想法，單純將自己抽離，只將所有一切連接一起。

爸爸在政府單位工作的期間，因爲位居要職，負責許多影響深遠的事務，因此必須做出很多決策，這些決策經常都會影響到不少人的身家性命。

關鍵的事情發生在多年以前，那時候的我還是個襁褓中的嬰兒，因爲爸爸的政策錯誤，導致很多人因此受害，甚至死亡。那事件引發社會騷動，就連多年後的我也對當年的事情時有耳聞。

社會大眾不清楚決策的過程，所以當時究責的聲浪，並沒有波及到爸爸，但是對那些死者來說，他們很清楚到底該找誰來報仇。

於是這些人的怨氣一直糾纏著我爸，爲了消災解怨，爸爸找上了呂師父，多年來靠著爸爸的官威與呂師父的功力，多少也度過了許多難關。

然而爸爸退休之後，官威不再，害死這些人的罪孽，一直跟著爸爸，不曾消失過，彷彿不定時的炸彈，隨時都有可能引爆，套一句現在流行的說法，就是所謂的業力引爆。而那個爆炸的時間點，就在今年。

於是一個恐怖的計畫就誕生了，爸爸爲了自保，跟媽媽商量要多生幾個小孩，但是不能接受這個計畫的媽媽拒絕，最後媽媽很「湊巧」的出了意外身亡。爲了繼續這個計畫，爸爸選擇了一個折衷的方法，就是領養。他透過關係，領養了三個小孩，並且將他們的名字各取了一個關鍵字。爲的就是多年後的這一天，可以讓他們發揮替身與安撫那些亡靈的作用。

即便不是親身的骨肉，但是這些年來的養育之恩，也算是一種連結。除此之外，在中元節的時候，獻上這三個祭品，多少也能平息這些怨魂的怨念。

雖然這有點天馬行空，手上所擁有的證據也不算充裕，但是過去一切不合理的情況，以及現在爸爸的改變，都有了最完美的解釋。

就好像二弟總會在我抱怨自己是撿回來時安慰我說的話：「換個角度來說，說不定反而只有你是親生的，才會特別要求啊。」雖然當時我們四兄妹沒有人把這種話當眞，但是如今回想起來，還眞的是諷刺到了極點。

雖然上人把當年的那起災難，說得保守很多，甚至還有點幫爸爸說話，說他可能也不知道事情會演變得那麼嚴重，但是此刻的我卻認為，爸爸打從一開始就沒把其他人的性命當一回事。

這也是他為什麼可以一路官運亨通，並且輕易做出決策的原因吧！

——就是因為冷血與不在乎。

開車回家的期間，我盡可能不讓自己的情緒太過於激動。不過腦海裡面浮現出來的，盡是爸爸的過往。如今結合我腦海中爸爸的形象，讓我感覺到情緒就好像被人拿了根棍棒在翻攪一般。

站在自家門外，我回想起爸爸過去所做的，以及他至今為止在我心中的所有感覺，讓我徹底明白，何謂「道貌岸然」。

在那些沉穩、溫柔的外表之下，有著一顆比禽獸還要不如的心腸。為了自己的權力、地位與生命，他不惜犧牲掉任何人。即便如此，他總是還裝出一副憂國憂民，真心關心他的孩子們的模樣，徹底實現他「沽名釣譽」的目的。

或許上人說得對，有時候知道真相不見得比較好，但是比起一輩子都被謊言與虛偽包圍，此刻的我覺得自己寧可踏上這條不歸路。

回到家門前，我知道一切都已經徹底改變了，我永遠沒辦法用過去的想法與眼光來看待爸爸。

我握緊拳頭，我決定要替那些沒有血緣、但是卻是我真正的手足，討回一點公道。

抱著這樣的決心，我打開了家門，確定爸爸待在自己的房間裡面，我靜靜的走到了廚房，然後抽起了一把刀……

第四篇

忘了餵食的中元節

笭菁

「大家辛苦了！」我拎起包包，禮貌的跟店內的同伴們道別，「明天見啊！」

「辛苦了！路上小心！」店長也高聲喊著，「欸！唐恩羽！妳弟呢？」

「他有腳，自己會跟上來的！」我擺擺手，動作慢吞吞的，我才不想等他咧！

下班囉！想都沒想過，有一天人生中最快樂的事會變成下班，也才深深感覺到，當學生實在太太太珍貴了！

聽見身後大家二度的道別聲，我知道我那老弟終於出來了！

他輕鬆的追上我，反正人家腳長了不起，所以我先走個幾步根本礙不著他。

「欸，今天星期五！」老弟走到我身邊時，才將背包揹起，「今晚吃——」

「鹽酥雞！」這三個字我們是異口同聲，兩人相視而笑，我大手勾過老弟的頸子，這傢伙就是知姐莫若弟啊！

「妳……妳妳妳這腿短的放手！我這樣很難走！」老弟彎著腰在那邊哀哀叫，看看這年頭，有人求饒還語帶諷刺的嗎？

所以我勾得更用力了，「老娘好歹有一百七十七，你敢叫我短腿的？」

「我一百九十二……啊啊，對不起對不起，落咖欸，姐姐妳最高䠷了！拜託放過我！」老弟向來都是最識時務的俊傑，口才一流、見風轉舵的佼佼者！

哼，我這才鬆開手，他大口喘氣，彷彿得到救贖似的誇張，非常欠揍！行人自然側目，大概以爲是哪對中二打鬧的情人吧！但我跟老弟向來不管其他人的眼光，我們沒礙到人，做我們自己就好。

我們來到鹽酥雞攤，老弟負責夾食物，在炸雞的香氣中，卻夾帶著燒金紙的氣味，我留意到有些公司行號樓下也已經擺上供品，我突然想起現在是鬼月，許多社區大樓都開始在「團拜」了。

「團拜妳確定是這樣用的？」老弟夾著鹽酥雞，「我以爲新春才有團拜。」

「一起拜拜就叫團拜了啦！」我用下巴往前指了指，「兩份。」

「什麼？說清楚啊！」老弟唸歸唸，卻準確無誤的夾起我愛的花枝丸，「老媽喜歡芋籤粿，要不要多夾兩塊？」

「她一定會說這麼晚了吃了會胖！不要啦！你們都在陷害我！」我倒背如流，「夾兩塊好了，老爸也愛吃！」

老弟深有同感，一邊點頭、一邊夾了兩大條進籃子裡。

把籃子遞給老闆排隊，我跟老弟撤到旁邊稍等，有一搭沒一搭的聊著工作的事；現在正值暑假，我們到家裡附近的飲料店打工，新體驗非常有趣，我們也做得很上手，尤其每天都有飲料喝，眞的太幸福了！

我們都是孝順的好孩子，打工當然是爲了開源節流……不然哪來的錢出去玩是不是！

「欸，今年我們的中元會不會比較不一樣啊？」老弟用肩頭撞我一下。

「不一樣？爲什麼？我看老媽就是準備一些餅乾什麼的拜一拜啊！」我沒拜過，都是看而已，「不會要換什麼大魚大肉吧？」

「嘖，不是啊，妳記得清明節的時候——」

「閉嘴！」我一秒瞪他，「你是想死是不是？」

老弟咯咯笑了起來，他當然是故意的啊，哪壺不開提哪壺，偏偏就愛提清明掃墓的事！

因爲我們家清明從來不掃墓，我覺得太奇怪了，所以推老弟出去慫恿老爸帶我們去掃墓，好歹知道爺爺奶奶現在住哪裡是吧！我們唐家祖先有沒有祖厝啊～

老弟神厲害的，搬了個「尋根」的藉口，硬逼著老爸帶我們去掃墓，結果……唉，慘，是眞慘！

我們闖進了鬼域、還住進了叫「杏花村」的國際人鬼混雜大飯店，也眞的遇到我們的「爺爺奶奶」，但是他們凶狠異常，想要我跟老弟的身體重生還陽，最後弄得狼狽不堪、死裡逃生就算了，結果還發現我跟老弟根本不是唐家的子孫！

老爸當年頂了別人的身分活下來，自己繼承了唐家香火，但眞的用DNA來講啦，我跟老弟完全跟姓唐的沒半毛錢關係！但老爸死不提及自己姓啥叫誰，也絕口不提他的過去與背景，我們只知道他是孤兒，父母早就不在了，其他知道毫無益處。

反正，我們只要知道自己是唐家的後代就好了。

我、們、又、不、是、傻、子。

「中元照舊啊，有什麼新鮮事嗎？」我沒好氣翻了白眼，「我們就沒祖先，要拜什麼東西？」

「有啊，那兩個超威猛的『爺爺奶奶』？」老弟含蓄的問，不由得打了個冷顫，我們都被凶惡的唐家爺爺奶奶上過身，那感覺眞的超不舒服的。

像有人活活要把我的肉跟皮膚扯開似的既疼又噁心。

「要拜你去拜，尋根啊！」我挑高了眉。

「老姐妳這過河拆橋也太快了吧？當初是誰死活要去掃墓，什麼我們家都不掃墓很奇怪啊，硬推我去說服老爸？」老弟想起來就是搖頭，「今年的掃墓實在夠嗆的，我這輩子都忘不了。」

還吃了一堆埋有屍體的泥水，我們兩個覺得這比較難忘。克服心裡障礙就是從起點開始，所以我們回來後動不動就叫綠豆沙牛奶來喝，回味一下在泥水坑裡吞下一大口泥沙水的感覺……以至於就跟這間飲料店培養出深刻感情，暑假就決定來打工啦！

「帥哥！」老闆娘萬年不會錯的呼喊著，老弟前去接過一整袋鹽酥雞。

我們都是徒步走回家，雖然工作地點是住家附近的飲料店，但距離家裡有半小時的路程，不是附近沒飲料店，是論起綠豆沙牛奶，這家最好喝！我跟老弟之前才會不遠千里而來！

「店裡會拜啊！我今天聽見老闆好像說要辦一場大的。」老闆跟里長在閒聊，聯合附近商家一起，「就團拜。」

「飲料店也要團拜啊？我以爲就一張桌子……」

「聯合比較盛大吧，而且他們是做生意的，你沒看光是我們家社區——」說著，我們回到了我們社區。

中庭已經開始在架設棚子了，我們這個社區非常大，住戶超級多，每年中元團拜都很誇張，好幾張長桌都快放不下供品的盛況，聯合舉辦看起來的確豐盛許多。

「下班啦！」保全先生微笑著打招呼，他是新派來這裡的，但年紀算輕，一下子就記住我們了。

「晚安。」公關高手老弟微笑著打招呼，「辛苦囉！」

我都是微笑點點頭就算數了，我實在記不了這麼多人，就有笑有算數。看著搭起的棚子，應該是這週末要團拜吧，管委會忙進忙出，想起剛剛老弟的問題，我不由得也好奇起來。

「老爸老媽今年會有比較不一樣的作爲嗎？」電梯裡，我也忍不住問了。

「妳是說，既然發現老爸眞實身分了，會想怎麼拜嗎？」老弟沉吟著，「問問？」

「好！」我劃滿微笑，用力搭上他的肩，「就交給你了！老弟！」

老弟瞪圓雙眼倒抽一口氣，「又我？又——」

電梯門開啓，我自顧自的往家門口去，不過才拿出鑰匙，鐵門唰地就開了，這嚇得我低叫了聲。

「老爸！」我嘖了一聲，「嚇死人耶！」

「我剛好在陽台。」老爸為我們開了門，他在陽台邊上看見我跟老弟，搶先開了門。

我前腳還沒踏進門檻，老爸就貼心的越過我，伸手接過我身後老弟手上的鹽酥雞，還為了搆不到而抵著我的身體，因此把我推出門外……看著老爸轉身進屋的背影，親切的喊著：「孩子媽，有鹽酥雞呢！」

「親情，親情……」我搖著頭，一副了然的樣子，「比不上一袋鹽酥雞啊！」

老弟噗哧笑了起來，把我推進家裡，蚊子都飛進來了啦！我們趕緊關上大門、脫鞋進入家裡，隔著客廳直直面對餐桌，兩老已經準確無誤的用筷子夾起了芋籤粿了。

「啊就要吃晚餐了還買這麼多鹽酥雞做什麼？會胖耶！」老媽氣呼呼的邊說，嘴裡塞了一大塊芋籤粿，「不然也早點說，我就不必煮這麼多啊……厚，無告燒！」

「吃小口一點！不然切小一點？」老爸用手指為老媽搧著嘴裡的粿，我跟老弟猝不及防的吃了批狗糧。

無奈啊……我們兩個摸摸鼻子回房放東西兼洗手，出來時老爸恰好把碗筷擺好，喊著我們吃飯。

「樓下在搭棚子了耶！又要拜拜了。」我刻意提起，「今年我們有要拜嗎？」

「有啊，我每年都有拜。」老媽回得很自然，「但我們自己拜，不必跟他們攪和。」

哦……我裝懂事的點點頭，桌下的腳踢下老弟，他正扒著飯，狠瞪我一眼。

「今年需要多準備什麼嗎？」老弟假裝漫不經心的說，「就……我們不是決定就是唐家人了，既然清明時都去掃過墓了，那這個中元節有沒有要做特別的事？」

老爸的筷子頓了一下，原本要夾魚的手停在半空中，像在思考似的。

「不必。」老媽一筷子過去，替老爸夾了一大塊魚肉，「以前怎麼做，現在就還怎麼做，對吧！」

老爸略蹙眉，但很快點了點頭，「對，簡單就好，簡單就好。」

說到底，老爸是冒充他人的身分活下來的，也不可能眞的去找對方的親人認親吧！只是我們以爲他們會想說既然我跟老弟都知道實情了，會不會有別種新拜法。

「我們店裡也是週末要拜的樣子，所以家裡這邊沒辦法拜喔！」我趕緊先說明。

「啊你們哪一年有在拜？」老媽一語道破，「這種事我來就可以了。」

「所以到底是要拜什麼啊？」老弟倒是好奇，「我上網看了一下，很講究耶，什麼肉要三層肉、不能去皮也不能去頭去尾，青菜要怎樣的……」

老媽嗤的一聲，剛好用筷子扭斷魚頭，夾到自己面前的盤子裡，「誠心最重要，誰在那邊準備這麼多東西！」

「都行啦！誠意就好。」老爸也跟著幫腔，「就是給好兄弟吃頓飽飯，好不容易放假上來玩，總是給他們吃頓好的。」

老媽啃著魚頭，一邊也吃著鹽酥雞，「這鹽酥雞也不錯啊，什麼食材都有，又這麼好吃！」

「這個好！」我跟老弟異口同聲，拜完回炸就可以吃了，喔耶！

接著我跟老弟開始點餐出主意，反正拜完是我們要吃，當然得挑可口的，假拜拜之名，行飽腹之實對吧！

1.

飲料店的團拜果然準備一整條街的聯合盛大，好幾間店家集合起來一起辦場大型普渡，桌子就設在我們店左邊的巷子口，今天側門也開啓方便我們搬東西進出，因爲這條巷子裡沒有什麼人煙，也無店家出入，反而是很好的地點。

說到我們飲料店左邊這條巷子眞的蠻炫的，有別於主幹道的車水馬龍，眞的是特別的低調，低調到罕有人煙，連路燈都昏暗。

「沒人住啊！」同事小玫正在幫我把煮好的珍珠放涼，「那一整排都待售待租中。」

「就一整排都沒人住？」巷子是不長啦，但這裡的公寓也有個四、五層樓高吧！

「沒，之前全部是同一間工廠，你看起來一間一間，但一樓全部都同一家工廠！」店長阿泰是住附近的人，對此相當熟悉，「後來產業外移，老闆聽說移到海外設廠了！」

「哦……整理整理還是可以住人吧！少說也有三十戶以上！」站在側門，瞇起眼計算著窗戶格數。

四層樓，一棟也八戶、這邊算過去一、二、三……嗯？第二棟的三樓窗戶突然有影子一閃而過，接著窗戶砰的關上了！

「咦！咦咦咦！最好沒人！」我指向上方，「我剛看到有人在窗邊還關窗了！」

「真的假的？」老弟也跑出來往那裡看，不過看到的只有靜悄悄的舊公寓，「是不是遊民啊？」

「啊咧，對厚，廢樓就是遮風蔽雨的最佳所在。」我趕緊收起手指，這樣也太不禮貌了，「對不起喔！」

我放聲朝巷子裡頭喊，老弟又在旁恥笑我。

「大單喔！」小玫在裡頭喊著，我們趕緊回店裡準備飲料。

我跟老弟默契十足，什麼都不必說就知道對方想幹嘛，基本上我一塡好料他就會接手盛裝飲料，動作行雲流水，速度超快，這也是店長最喜歡的一點，我們兩個一起工作時，效率奇高！

接著又好幾張單進來，有的不是透過外送，而是直接使用店裡系統，反正我們就是按單照做，一杯杯做好、封膜，裝妥送出。

「欸，這個地址……附近而已！」老弟把一整袋飲料裝妥，在手機裡輸入地址，「就隔壁巷耶！那我直接送去好了！」

我看了一下單子，「好，你去！剩下的不多了，我們做就好。」

「好！我很快，去去就回！」老弟趕緊從正門出去，下午時間屬於非常時期，老弟趕忙拎著一袋飲料離開。

「不急喔，阿霖！」櫃檯的米血喊著，「慢慢走！」

這是老闆奉行的原則，沒有什麼事需要趕，爲了趕送飲料受傷摔車根本得不償失，客人也不會負擔你的任何損失！所以凡事慢慢來，一杯飲料遲個一兩分鐘不會出什麼大事。

即使是步行，他也不允許我們貪快穿越馬路，凡事就是照規矩來，不急不趕，所以同事都怕老弟用跑的，才會特別交代。

這就是我們兩個喜歡這間店的原因，相當人性化。

做完一單又一單，我舀了好幾杯珍珠後擱在一旁，其他人接手盛裝飲料，當我再舀好一杯時，突然一股不祥強烈襲來！

老姐！

我震了身子，手裡的杯子瞬間滑掉——杯子落地前，正巧轉身的阿泰準確的及時接住了。

「唐恩羽！」阿泰嚇死了，「累了嗎？哇塞！好險我救得及時！」

小玫回頭瞥了眼，我只聽見她在問還好嗎？

「不對！」我立即抬頭看向牆上的時鐘，「我弟去多久了？」

「咦？」屋子的人這才紛紛看向時鐘，櫃檯的米血即時查看單子，「半小時了！」

隔壁巷子要花半小時做什麼？慢慢來也不是慢成這樣的吧？我邊解開圍裙就往員工區裡丟，抓起手機即刻離開店裡。

「地址發給我！」我到櫃檯跟米血喊道，「立刻、馬上！」

「先打打看他手機？」阿泰嚷著，「說不定他就到附近晃了？」

「快點把地址發給我！」我已經奔出店門，從老弟剛離開的方向奔出去！

情況不對，老弟極聰明反應很快，但絕對不是不負責任或摸魚的那種人，我們店裡外送的距離範圍，沒有半小時還到不了的，而且我剛剛那股寒顫絕對有問題！

不要問我爲什麼知道老弟出事，我就是知道，從小到大我們就是會知道彼此有事，這跟有沒有雙胞胎沒關係，我跟他差了兩歲，哪是什麼雙胞胎……這種默契無法解釋，無法解釋就是量子力學啦！

收到地址，我先轉進我們店門右方的第一條巷子，這條巷子非常寬敞，還有許多麵店跟小吃，午餐我們很常在這裡解決！送餐地址是七十巷五十弄，我努力的在一堆攤子後面找尋某棟建築物能有個看得見的門牌號碼，但各家攤子遮好遮滿捏！

「姐姐！」我衝到常買的一間麵線攤前，「妳這後面幾號啊？」

「啊？」這位姐姐愣了幾秒，「幾號？後面喔……二十五號啦！」

「謝謝！」

地址是在五十弄，我還眞不知道這條巷子有這麼長，居然會到五十號？因爲我們通常在前幾攤就解決餐點了！手機訊息傳來，我抽空看了眼，阿泰回說老弟手機沒接，我完全不意外。

衝到了五十號，我直接往一旁那不起眼的迷你巷弄裡拐進去……這巷弄只有一個人寬，潮濕晦暗，水溝裡還傳來陣陣惡臭，逼得我戴上口罩；兩旁都是別人家的後門或窗子，我才沒想那麼多，逕直往裡跑，五十弄十八號是吧，十四、十六、十——結果我衝出了五十弄。

啊咧？我呆站在原地，退後兩步看見最後一間寫著十六號，啊十八號呢？這該不會是什麼虛擬地址、時空裂縫、九又四分之三月台，或是……左顧右盼，往左轉就到底了，這條是死巷，右邊可以看見大馬路口，跟……跟我們店的招牌。

咦！對啊，我一路右轉，繞了一個方形最後回到店左側的這條巷子裡！所以離我們店也就幾十步距離，最好是能送半小時啦！

我戰戰兢兢的往左斜前方看去，巷子裡最後一間的陰暗樓房，不要告訴我這是他媽的十八號。

我緊握雙拳斜走了過去，全身開始不自覺的發抖，站在那鐵捲門前，破碎不全的壁磚上，還眞的就有斑駁的門牌號碼：十八號。

我不想去計較這裡的地址怎麼亂七八糟了，反正同一條街，對面的兩排房子不同地址是司空見慣的事了，我只想知道十八號右邊那半開的、陳舊生鏽的鐵捲門裡是不是有我老弟。

深呼吸，深呼吸，唐恩羽，妳沒問題的對吧？清明節才幾個月前的事，歷歷在目啊，屍水、上身、撞鬼都遇過了，還有什麼會在意的對吧？

說什麼屁話，誰不在意啊！這種事爲什麼要發生第二次啊！

我嘆口氣，先把手機調成靜音，在周圍找些可以用的垃圾……還眞的沒有什麼頂用的東西，我就只能拿到一塊破磚；小說跟電影裡主角每次都有棒狀物可以撿，但現實中就一塊半截的磚頭而已。

想著，我多抓了幾顆石頭雜亂放進口袋裡，這是安心用的。

蹲在那打開約一百公分高的鐵捲門下往裡觀察，照慣例漆黑一片，窗戶跟裝飾品一樣透不進光，這感覺實在太熟悉了，我身上的汗毛根根直豎，人都在微微發顫。

咬著牙，伏身蹲低就往屋裡去，一樓是個略正的長方形，大概有十坪大小吧，反正到處斑駁，地上也一堆雜物跟污漬，其實這裡不過就是沒整理的屋子嘛！我這麼說服自己，不然要怎麼解釋？總不會說滴落的深色污漬其實是血，牆上那些痕跡是鮮血飛濺跡證吧！

幹！我眞的越想越抖，大腦眞的是種很麻煩的事，越不想去思考，就越會往那個地方想去，還越想像越立體咧！

這裡溫度眞低，鐵捲門眞不錯，隔溫力這麼強，我應該把家裡每道門都換成鐵捲門是吧？裝完連冷氣都不必裝了。

一樓肉眼可見的範圍沒有老弟的身影，這裡頭都沒有隔間也沒東西擋住，非常好辨認，我打開手機手電筒照明，試著移動步伐。

要喊？不喊？我緊張的思考著，驀地一滴冰冷竟然從天花板落進我的後頸子裡！

「哇啊！」我忍不住放聲尖叫，向後大跳後即刻往上看！

一大灘血從天花板緩緩滲出，活像那不是天花板，而是塊超透氣的綿布紗布，二樓有人正在流血，血液急速聚集，直到滴落……我厭惡的抹著滴進頸後的血，這滴血還眞不偏不倚，中空滴進我後背，我現在只能反手搓著衣服，用衣服一抹——突然想到，這不就等於抹得我背上都是了嗎？

啊啊啊啊啊！我超想尖叫的，看著血灘匯集中的一滴血從上滴落，啪噠，我後退了一步，再啪噠，我下意識又後退一步，直到撞上了牆……以及牆上那不平整的東西。

『嗨。』

聲音從耳邊響起，我沒有回頭，但我知道我正貼在一個「人體」上。不看！我咬著牙，立即直起身子，遠離這道——電光石火間，一雙血淋淋的手臂居然勾住我頸子，把我硬拉回來了。

「哇啊！」我直覺的抓住那隻手，右手的磚頭往後面牆上砸去，飛快的掙脫開來。

我踉踉蹌蹌的往右邊滑去，回頭看向牆面，真的就嵌著一個全身是血的女人。

「有完沒完啊！」我氣急敗壞的喊著，「老弟！」

『嘻……哈哈哈哈！』牆上的女人開始笑了起來，『來不及！來不及——』

她邊笑著，手指向了天花板。

來不及？上面？血！涼意頓時貫徹我全身，我倒抽一口氣，轉身就朝樓梯狂奔而上！同時樓梯上方也傳來咚咚咚的聲音，我的手電筒沒空照，但在這種情況下的球狀物，有五成的機率是人頭，我之前遇過了，謝謝！

一樓半平台轉彎時，果然看見那東西一路咚咚咚而下，我二話不說閃過，三步併作兩步的衝上二樓！

然後，就看見老弟站在二樓中間，手上拿著不知道哪裡來的刀子，朝著我咧嘴而笑後，從頸子割了下去！

咚——磅！

所幸我一衝上二樓的瞬間，手上的破磚就丟出去了，不偏不倚正中老弟的頭，所以他沒來得及割開頸子，就直直倒了下去。

我奔到他身邊，發現那把生鏽的美工刀還躺在他掌心裡，直接一腳踩住，彎身先把美工刀踢得老遠，說時遲那時快，應該被我打昏迷的老弟卻倏地睜開雙眼，一臉猙獰的彈坐起身撲向我！

我飛快的曲膝，拿膝蓋朝他胸口撞去，再順勢直接跪坐上他的身體，阻止他坐起身，然後扯下我身上的護身符，隨意纏在手掌心裡，一巴掌就揮了過去。

「給我醒來！」啪！「清醒一點！」啪！啪！「我數到三你再不醒來我先打死你！」啪啪啪！

「啊……」老弟突然雙手交叉擋住自己的臉，「好痛！好痛！老姐——」

我右手依舊高高揚起，左手扣住老弟的下巴讓他看著我，室內昏暗看不清他的眼睛，但至少沒剛剛那種瘋狂的模樣。

「我是誰？不許叫名字。」

「老姐……」老弟吃疼的舔著嘴角，「好痛！爲什麼打我？咦？」

他困惑的看著四周，顯然對這裡覺得莫名其妙。

我依舊保持警戒的瞪著他，緩緩離開他的身上，老弟撐著身子坐起，嘶的一聲往額角撫去，鮮紅的血流淌而下。

「呃，我們先出去。」

「好痛啊！」他伸手一摸，滿手都是血，「我的額頭爲什麼受傷了？」

「我身上沒衛生紙，你要不要自己按一下！」我尷尬的說著，一邊警備的環顧四周，「先走了！」

老弟瞬間聽出我的語氣，他一點兒遲疑也無，即刻趨前搭上我伸出的手，跟我一起往下跑。

『哈哈哈！』

『去哪裡啊？』

『嘻嘻……飲料好好喝啊！』

『珍珠煮太爛了啦！』

樓梯間突然傳出女孩子們的笑聲，在三樓或四樓的地方，也或許正從上方往下看，我才不管，我只知道拉著老弟逕直衝出外頭，到鐵捲門邊時我還先擋住，以防她們耍賤招讓鐵捲門落下，壓到我們不就衰了。

老弟趕緊奔出，我肩膀扛著鐵捲門後，輕輕一個MOVE便離開鐵捲門下，推著老弟越退越遠，再拽著他往店奔去。

不知道爲什麼……不只那一棟，我覺得一整排公寓樓上彷彿都有視線似的，不顧一切的加快腳步，只爲了快點衝出巷口！

「咦！小羽！」櫃檯視角的米血最先能看見奔出的我們，「找到了小霖嗎？」

我沒空回答他們，回頭就先檢視老弟的額頭……一塊肉掀起，這已經不是擦著碘酒、貼塊ＯＫ繃就可以解決的事了。

「噫！怎麼流這麼多血？」跑出的同事們正面一瞧見老弟果然嚇了一跳，「出什麼事了？」

「長話不想說，我要先帶他去看醫生……」我一邊忙著幫他脫下制服，「我可以請假嗎？我們盡量趕回來，或是——」

「快去！後面的事交給我，我來調度，再跟妳說結果。」阿泰只長我們一歲，但打工經驗豐富，非常可靠。

小玫早就先衝到裡頭，從醫藥箱中拿出乾淨紗布給老弟按著額角，我進入員工休息室把我們的包包都揹上，攙著老弟趕緊往醫院去。

他依舊一臉茫然，但什麼都沒問，他永遠知道什麼時候該說話、什麼時候不該說。計程車上的老弟仰著頭，手上壓住傷口，不想讓血污染司機大哥的車子。

「幸好血沒滴在裡面。」一堆傳說好像鬧鬼的地方見血會出事，看著老弟不停滲出的血，心有餘悸不過還算慶幸。

但是我卻完全忘記，我砸中老弟的那塊磚頭，還留在屋子裡。

2.

老弟縫了十針，他的傷口可不小，因爲是被磚塊的破裂處砸到，所以切了一個大口子，醫護人員很嚴肅的看待這個傷口，問老弟這傷是怎麼來的，還默默瞥了我一眼。

老弟仗義，說我們在胡鬧時亂丟砸到的，並非什麼惡意攻擊，所以沒有驚動警方。

但這十針也夠讓我嗆的了，老爸老媽氣急敗壞，覺得我們愛玩愛鬧就算了，怎麼會搞出這麼大的傷口？最後還是老弟啓用三寸不爛之舌，告訴爸媽我們自己玩鬧自然就要扛風險，不能怪我。

「唐恩羽啊！妳實在是喔！」老媽開啓碎碎唸模式，「妳看看我們幫妳取這個名字多好聽，就是希望是個溫柔文靜的女孩，妳怎麼變成這樣！」

我哪是變成這樣？我本來就這樣啊！

「粗魯、衝動，人家阿霖都比妳溫和！」連老爸都跟著落井下石。

你們沒把我當淑女培養啊！想培養好歹也讓我學個鋼琴、音樂、跳舞什麼的吧？不是學格鬥學柔道以及各種體育項目好嗎！

但這種時候閉嘴爲上策，所有話語都左耳進右耳出，手上的動作不要停，趕緊幫老媽把拜拜的東西準備好，然後快點閃回房間。

廚房的斜對面就我跟老弟的房間，對，我們還是住在同一間，感情就很好啊！有的外人喜歡扯什麼男女不該在同一間的廢話，我們是姐弟耶拜託，齷齪骯髒的人看事情就會跟著骯髒啦，這種言論讓我聽見，我只想灌他喝洗碗精而已。

此時房門略開，老弟在門口偷瞄，靠廚房門口的我偷偷擺擺手叫他進去，不然老媽看見他的額頭又要心疼了，我又得在這裡多站好一會兒。

好不容易供品準備好了，我終於得以離開。

「你不必擔心我啦，一直站在門口幹嘛？」我左手推門右手推他，「進去啦！」

老弟略踉蹌兩步，但眼神卻鎖著廚房，還嚥了兩口口水。

我覺得奇怪的瞄他兩眼，搖搖頭把他拽回房，關上房門後，從書桌底下拿出了洋芋片扔向他。

老弟趕忙接住，還一臉錯愕，「幹嘛？」

「是多餓啦！廚房裡那些是要拜拜用的，沒拜完也不會給你吃啊！那我之前買的，你先吃！」我直接往下舖鑽去，眼尾偷瞄著老弟的額角，心裡就是不痛快。

我跟老弟睡上下舖，當然我睡下舖他上舖，看著他樂意的打開洋芋片大快朵頤，跟沒事的人一樣，我反而不舒服。

我們的床尾連結我的書桌，然後老弟的書桌緊鄰著我呈九十度，剛好在房門邊，簡單來說，床尾的十一點鐘方向是房門，十二點鐘方向是老弟的書桌，我的書桌是跟床尾連在一起，書桌都面牆。

「好啦，說話。」我靠在床尾的欄杆邊，直視著那背對我的傢伙。

「嗯？」老弟手朝後打直，敷衍得很，「妳要吃嗎？」

我抓起枕頭，老弟即刻整個人轉過來，正襟危坐，「我不記得。」

「什麼？連這十針怎麼來的都不記得嗎？」我可擔心了，「那你是怎麼進去那間廢棄屋的？」

老弟搖了搖頭，「我只記得我走進了五十弄，我那時就發現根本連到店左邊的巷子，我低咒了聲，然後就痛醒了——被某人連續巴掌打醒的。」

「不打你不醒啊！而且你……你敢在我面前割喉耶！」

「哇……」老弟顯得相當震驚，「我也太蠢了吧？在妳面前自殺本身就是件自殺的行為啊……」

我直接下床，老弟趕忙捧著洋芋片到我面前，雙手奉上：「老姐息怒！我意思是說，既然知道這樣不對，我怎麼會去犯呢？拜託！我是會自殺的人嗎？」

「會，你拿著那把生鏽的美工刀，就往頸子上割。」到現在頸子還是有點傷，所以我一直問醫生破傷風可以打幾劑。

抓過洋芋片，拖開我的椅子也坐下。

「是嗎？」老弟站起回到自己椅子上，頸子的傷口不大，就貼一小塊紗布，「我眞的完全空白，我回神的瞬間就是有人在巴我，我連額頭怎麼受傷的都不知道。」

他看著我，我嘆氣後便交代了去尋他的一切過程……當然還有扔出那塊破磚的事。

「我不扔不行，你笑得超機掰的又要割頸。」我作勢的往頸子上抹，「我一上二樓看見就立即反應了。」

「我相信，而且妳根本沒經過大腦。」老弟非常誠懇，「如果我是故意要割頸讓妳看的，妳根本不會有時間反應，所以妳是還沒思考就扔磚頭了。」

我深吸了一口氣，很想辯解，但眞的無法……我的確沒過腦子，我衝上二樓的衝力都還沒止住，眼睛看著他拿刀在頸子上時，磚塊已經出去了。

兩手一攤，「我就……衝動了點。」

老弟沉吟著，眉頭深鎖，這狀況當然不妙，之前我們被鬼侵入身體、意圖奪舍，記憶可是清晰得很！

「這段期間我做了什麼？飲料呢？」他看向我。

「我只爬到二樓，但沒看到飲料袋，不過我們跑走時，樓上竟然有人嫌珍珠煮太爛。」我想到這個就一肚子火，「被鬼客訴？我刷新記錄了吧？」

今天珍珠是我煮的，我自己覺得煮得很完美啊！奇怪了！是在挑剔什麼！

「他們能訂外送、還誘我過去，最後就是想讓我在裡面割喉嗎？爲什麼？」老弟十分費解，「我們跟他們無冤無仇吧？上次掃墓還有點理由，總不會我們又有什麼親戚跟他們有仇吧？」

「前一代的事扯我們幹嘛，很冤耶！每次都這樣！」我聽了就不爽，用力捏了洋芋片袋，「前人造孽後人承受嗎？」

「老姐老姐……不管什麼事都跟無辜的洋芋片無關，拜託。」老弟憂心忡忡的伸長手過來，捏住洋芋片的一角，「碎了啦！」

噢，我趕緊鬆開手，一時激動，對不起可憐的洋芋片們。

「煩！再接到那個地址我去送！不是……誰都別去！你今晚先好好休息，我們明天多買一些東西給店長普渡用，送送那些傢伙。」我只能想到這招，就多給些供品吧，讓他們吃飽？

是因爲普渡大典還沒開始，好兄弟們太餓了所以叫珍奶外送嗎？

「好，那我先去洗澡喔！」老弟將洋芋片封好便先去洗澡，他受傷他最大，我讓他先沒關係。

我可以趁空查一下普渡的供品需要哪些，結果在第一頁就複雜到暈死我了，一堆條件哪有這麼麻煩的啦！我看老媽都隨便幾樣水果零食代表而已，而且幾乎都我們家愛吃的零食啊！

滑鼠一路點，但卻遲遲沒聽見熱水器的聲響，我家立體聲超好的，陽台上的點火器一點，屋子每個角落都聽得見的，一向洗閃電澡的老弟今天怎麼到現在還沒洗啊？

我覺得不耐煩的決定去催，我知道打他不對，但我今天也被弄得神經緊張、疲憊得很啊，所以我也想快點洗洗睡！走出房門外往最左邊看去，屋子的西邊底就是廁所，門居然是半掩的？他還沒洗！

家裡養的小小牧一直朝廁所方向警戒，今天回家後牠就怪怪的，喉間總是呼嚕嚕，對老弟很有意見，我想是不是因爲今天在廢棄屋發生的事，但又不敢跟老爸老媽說。

我躡手躡腳的往廁所走去，一出短道就進入客廳範圍，正在看節目的爸媽不約而同向右看來，我趕緊比聲噓，兩老立即扯嘴角翻白眼加搖頭，一副你們姐弟了然的模樣。

朝著廁所去，卻聽見哼歌聲，聲音非常的低，聽不太清楚他在唱什麼，我從門縫裡望去，卻看見了他頭戴著我的蝴蝶結髮圈，仔細的在臉上搓揉著綿密的泡沫，擱在鏡台上打開的還是我的洗面乳。

我聽清楚他哼的歌了，那首歌有點久了，是十年前很有名的歌曲，是個女團的曲子……老弟不聽女團啊！他是標準的爵士樂瘋好嗎！

「你在幹嘛？」我還很客氣的先出聲，然後叩了兩聲門，「臉皮都要被洗掉了，還用我的洗面乳！」

喝！老弟整個人嚇到跳起來，大叫了一聲，回頭驚恐莫名的看著我。

「嚇人啊！妳幹嘛突然進來！」他還先聲奪人！

「半小時了你就搓這張臉！」我直接走進去，指著他的頭，「還繫我的髮帶，看起來很娘耶！」

我邊說，邊推著他後肩逼他往鏡子裡瞧，老弟看著鏡子裡的自己，也狠狠倒抽一口氣。

他眼神透露出惶恐，從鏡裡瞄向我，我不動聲色，只叫他洗快一點。關上廁所門一出來，我第一件事衝到神桌前拜拜，拜託唐家列祖列宗……善良的那些，幫忙看顧一下我弟啊！

「媽，妳那邊還有之前求的什麼平安符嗎？」我轉頭問著。

「啊？桌上有兩個啊，在香爐邊，但那個過期捏！」老媽皺眉，「要那個幹嘛？」

「睡不好，想安神！」我這隨口胡謅的功夫只有老弟的一成，但夠用了。

「喔，好。」老媽莫名其妙應了，「我等等熱牛奶給你們喝。」

這當然不是我要的答案啊！但狀況不明我不敢亂講，回房間先把我們兩個有的刀具收起來，再把所有護身符壓到我弟枕頭下，等他洗好澡出來後，一切看似正常，我也不問他剛剛在幹嘛，反正那樣子就是有問題。

抓過衣服時，他正準備吹頭髮。

「我先說好，你最好不要做傻事。」我要去洗澡前，出聲警告，「不然不管你是誰，敢動我老弟，我就不會客氣。」

老弟一臉驚恐的看著我，定格幾秒，然後嚥了口口水，

「老姐，這眞是難以形容的感動。」他抿了抿唇，「我都不知道該說是感動還是害怕了。」

「安、分、點！」我才懶得跟他抬槓，反正正常辯論是贏不過老弟的。

臨睡前老媽眞的溫了兩份杯熱牛奶給我們，我們聽話喝下後，老弟還一副幸福滿足的樣子，覺得頭上這十針很值得，我聽了直想巴下去；但洗澡後的老弟完全沒有異狀，害我不禁懷疑他剛剛是故意的？還是哪條神經錯亂了？

反正護身符擱他枕頭下了，今晚應該可以相安無事吧？

熄燈後，我睡在下鋪，瞪著上頭的上鋪床板，老弟睡在上頭，他只要有什麼風吹草動我就一定會知道！我打算聽見他打呼後再睡，這樣總是比較讓我心安，嗯……

但我最後不記得我有沒有聽見鼾聲了，睡著就是一種穿越，總之我再次醒來時，床邊卻突然站著一個人影！

喝！我整個人是跳起來的，頭頂毫不含糊的直接撞到上鋪的床板，驚恐的我貼往牆邊角落，看著站在我床邊的人瞧。

是老弟，但又不是老弟。

他站在我床邊一動也不動，我不客氣的抓起手機打開手電筒照向他，那全翻白的白眼在手電筒的強光下眞是嚇人，就算他表情再平靜還是很噁心，強光似乎也沒影響他，他略歪了頭，然後轉身一百八十度，朝著房門走去。

他轉向房門時，我才看向他的右手曾幾何時，已經握著我早藏起來的美工刀！

該死！我看著他離開我床邊的範圍，立即悄聲的滑下床，也發現到我抽屜已經被翻得亂七八糟了，這傢伙這麼堅持拿美工刀要做什麼？剛剛站在我床邊是想殺我嗎？

緊握雙拳不住的顫抖，眼尾瞄向冷氣機上的溫度是十五度，最好我們有開這麼冷啦！這溫度、這氛圍、這令人討厭的雞皮疙瘩，都跟之前掃墓撞鬼時一模一樣！

老弟扭開房門，就這麼走了出去，我沒有遲疑的抽過掛在床欄上的圍巾……好啦！去年冬天還沒收的咩，準備以不變應萬變。

老弟沒去任何地方，卻直接走進了廚房，我保持距離的等待了一會兒，直到聽見窸窣聲傳來……這聲音，也太熟悉了。

我赤著腳，戰戰兢兢的走入廚房時，並沒有看見老弟的身影，眼神往下望，只見一雙曲著的腿窩在桌下，而桌上擺滿的供品明顯少了東西。

我沒敢蹲下，而是拉開了一段可以讓我看見桌下的距離，手電筒照向桌下，看見我的老弟，那個長得勉強可以的傢伙，已經撕開老媽準備的泡麵，正粗暴的往嘴裡塞著，而且他是連鋁箔包一起往嘴裡塞。

『看什麼！』他倏地回頭瞪向我，猙獰的臉龐衝我吼著。

居然敢吼我？這絕對不是我弟！

那張臉扭曲得都不像是我弟，剛剛翻的白眼現在卻成了全黑，五官皺在一起，好像這樣就比較威風似的，滿嘴都是包裝紙跟泡麵的他邊吼邊噴食物，然後陡然一震身子……

一大口像血液般黏稠的液體從他嘴裡噗嘩流了出來。

『啊啊啊……』他雙手捧著稀碎的包裝袋低吼，張大的嘴像個噴泉似的，紅血不停的湧出，『我好餓！我好餓！』

他痛苦的嘶吼著，雙手抱頭仰天長嘯，無奈桌下的空間承裝不了他的身高，他一仰頭就撞到桌腳，然後亂扭著身子掙扎。

就在我發愣的瞬間，他突然咬牙切齒的趴著朝我撲了過來！

「磅！」這我眞的沒猶豫，一拳就灌下去了！「馬的你給我安分點！」

我是用氣音說著的，我可沒膽子吵醒我爸媽！

老弟被我一拳擊中後腦杓，即刻痛苦得趴上地，我抓著他的後衣領往房裡拖，經過櫃子前沒有忘記抽過老媽的擀麵棍備戰一下！

老弟還能動，就是半爬半拖的踉蹌，一進房我就把他甩進房間地板，關門上鎖兼開燈！

「死女人，」我不客氣的直接拿起擀麵棍直指他的鼻尖，「妳給我立刻離開我老弟的身體！」

3.

我當初買那個大蝴蝶結髮圈時，老弟嫌得要命，還用平淡的語氣告訴我說，他真的不懂流行，越大的蝴蝶結並不會使得我的臉更小，只會證明四個字：欲、蓋、彌、彰。

平常他就不可能去戴那個髮圈了，還用我的洗面乳？膚質又不合，不得不說老弟的肌膚比我還好，細皮嫩肉的中乾性，用我這種油性肌的洗面乳會脫皮吧！

我早知道他有問題，小小牧一直戒備的看著老弟也是怕他，狗向來很敏感，我不動聲色是想賭一下護身符有沒有用，好，我賭輸了，看他跑去吃供品，我的猜測便八九不離十。

『呵……呵呵……』老弟嬌笑起來，令人絕對不舒服，『好餓……我好餓……』

他一邊說著，血繼續湧出。

「妳不要把我弟搞得胃出血！」我再三警告，「滾！」

老弟用那佔滿眼白的噁心黑色瞳孔瞪著我，咧開的嘴帶著嘲弄，血還不停的滴著，『不要！』

夠了！我掄起擀麵棍，打一次不醒的話，那我就打兩次！

『不要啦！』老弟嬌嗔的舉起手，向後跌坐，『對不起！』

媽呀！這什麼語調啦！比剛剛那挑釁的模樣更加欠揍！我看著老弟轉過來看向我時，眼神恢復正常……所謂正常是指有眼球有眼白，但他是在眨什麼眼、嘟什麼嘴啊！

我拳頭都硬了！

『我們只是太餓了！』老弟輕聲細語的說著，『不是故意的！』

他轉身朝往床邊抽過衛生紙，極其秀氣的擦去嘴邊的血，同時戒慎恐懼的看著我，像是小白兔似的驚惶。

如果這是女生，眞的我見猶憐，但這傢伙頂著我老弟的身體，就變成我見想扁啊！

「敢上我弟的身，妳們是在十八號裡的人嗎？」我心裡其實暗覺不妙，因爲現在這個說話的，跟剛剛那位呲牙裂嘴的傢伙，不是同一人。

不只一個好兄弟嗎？

老弟點點頭，眼神有點迷離，開口就是複數，『我們在裡面，好冷，找不到衣服……』

他說著突然發起抖來，雙手環抱身子般的瑟瑟顫抖，彷彿眞的處在寒冷地方似的，我沒好氣的翻了個白眼，這裡這麼冷還不是她們搞的？

「有幾個人在我弟的身體裡？」我揮著擀麵棍問。

他驚恐的後退，好像我是凶神惡煞似的，還給我啜泣起來，『我不知道，我、我眞的什麼都不知道，大家都太餓了，而且好冷！衣服，拜託幫我們找衣服……』

「妳這張臉眞的超欠揍的！」我由衷說道，「我數到三，妳不走我就把妳打到換人，一、二、——」

老弟用惶恐的眼神看向我，還蹙眉咧，眼角帶淚後在剎那間倒去，然後規律的鼾聲傳了出來……呼！我走上前去，先踩住他的右手，準確的從他短褲口袋中抽出美工刀，先繳械、再綁起來。

猶豫再三，我還是把他推進我床底下，外頭再擺放許多整理盒，把空間侷限起來，任何風吹草動都會有聲音。

小小牧站在門口低吼著，我開門對牠比了個噓，輕輕的撫摸著牠，告訴牠這陣子不要接近哥哥好了！

回到房間時，老弟還在我床下睡著正熟，但我呢？這種情況下我哪敢睡，我上網查了一堆資料，很多說法是說中元節的好兄弟們吃的是食物的氣，不能直接吃食物，所以剛剛直接吃泡麵的他們就吐出那堆血嗎？人吐血會吐成那樣，眞的就是胃出血太嚴重了，千萬別把我老弟的胃搞壞了。

我反鎖房門，拉過我弟的椅子抵在門把下，只好坐在上面將就的睡著，擀麵棍就橫在我手上，只要老弟移出床底下，整理盒就會發出聲音，我要醒應該還是來得及的。

明天普渡，餵好餵滿，應該就不會嫌太餓了吧？

4.

我一連打了好幾個呵欠，有氣無力的看著盛大的普渡，一點兒都提不起精神，同事們都在關心老弟的傷勢，然後也一起幫忙準備普渡事宜。

上午老弟醒來，很聰明的沒敢亂動，直接呼叫了我，我意簡言賅的講述昨夜狀況，總之他被跟上了，還不只一位，但他本身毫無感覺，也不知道該怎麼擺脫。

而我醒來後才想到不能讓老爸老媽擔心，趕緊返回廚房要清理半夜老弟吐的那堆血，不過當我回到廚房時，地上那些血居然不復存在了！好哩加在。

看著桌上滿滿的供品，我都可以感受到老弟炙熱的眼神。

「聽說不能直接吃食物，要吃食物的氣。」我幽幽說道，「麻煩等等都離開，去供品桌吃好吃滿。」

老弟尷尬的看著我，「妳應該不是在對我說吧？」

「你說呢？他們卡在你身上，用你身體去吃，只會把你搞到胃出血。」我低咒著，想到就無限不爽。

「胃出血？」老弟緊張的撫上胃部的位子。

「下次你吐血時我會錄下來。」我又揉了揉眼，眼皮好重，「結束後我們去找師父化解。」

老弟點頭，我們誰都不希望遇到這種事，這種比之前爺爺奶奶要奪我們的身體還麻煩，因爲奪身體前要把我們趕出去，我們可以反抗掙扎；但上身好像都不必經過同意，也不必趕我們的靈離開，說上就上。

「你要是能感覺到有幾個在你身上就好了！有一個很愛哭的比較能溝通。」我壓低了聲音，「不是說大家都是在黑暗中圍成一個圈坐在一起嗎？中間有道光，叫那個女的站到那道光線，就可以換她出來說話。」

老弟誠懇的看著我，「老姐，那是多重人格，我這叫被鬼上身。」

「有差嗎？看看昨天你那模樣……」我立刻轉換模樣，「好冷，好可怕，妳想幹嘛……」

老弟挑了挑眉，睨著我冷笑，「看看妳把好姐妹們嚇成怎麼樣……嘖嘖，妳做了什麼？」

我沒好氣的一個肘擊擊向他腹部，抓起飲料喝了一大口，這時小玫從外面匆匆跑進來，喊著要開始囉！

「好！」我突地精神抖擻，拜託吃飽快滾。

老弟抓了東西先往外跑，小玫卻在我出門前攔住了我，「小羽，他還好嗎？」

「嗯？」我有點錯愕，「很、很好啊，縫完後活蹦亂跳的。」

「我覺得他……怪怪的？」小玫咬了咬唇，「妳別覺得我怪力亂神，我感覺接近他不舒服，你們要不要去廟裡走一趟？」

啊啊！我雙眼晶亮，激動的箝住小玫的雙臂，我們的同事有陰陽眼啊啊！多珍貴啊！

「妳看得見嗎？告訴我，到底有幾個附在他身上？他們還有什麼訴求或是長什麼樣子？」我劈里啪啦一連串，「妳可以跟他們溝通嗎？問那些傢伙到底想做什麼？」

只見小玫先是懵了般的呆愣，幾秒後突然發顫，然後倒抽一口氣。

「我的天哪！唐玄霖被……好幾個？」她嚇得話都說不清了，「是昨天送餐時被上的嗎？或是……」

我看著驚慌失措的她，有幾分失落，「妳沒辦法？」

「我只是比較敏感而已，我哪能有什麼辦法！」小玫還一副我很怪的模樣，「妳不會以爲我能驅鬼吧？」

我超不客氣的點頭，「啊不然妳平常怎麼解決？」

「我感受得到不代表他們會對我有影響啊，我不需要解決什麼啊！」小玫連忙搖頭，「我就是閃遠一點，然後多去廟裡拜拜，求一些護身符……」

唉！我懂了，些許失望的垂下雙肩，總之還是得照SOP來。

這種事實在太被動了！我喜歡積極有效率的解決方式啊！

儀式盛大舉行，我們都是打雜的，最後燒燒金紙，誠心拜拜後收工，這中間我緊盯著老弟，他看起來很平靜，但緊繃的身體卻道出了他在忍耐。

儀式結束後，我再度見證了龍捲風般的搶奪戰，這就是每次我搞不懂的，中元普渡的到底是好兄弟還是人啊？大家搶供品活像餓了十天沒吃飯似的，人的貪欲連鬼都怕喔！

「喂，唐恩羽！」阿泰收到一半突然急奔而出，「阿霖不太對勁！」

咦？我轉身把手上抱著的東西塞給他，即刻奔進員工休息室裡，只見老弟縮在角落，全身劇烈的顫抖，蜷縮成一團。

「說話。」我蹲到他面前，聲音低沉但嚴厲。

『好冷……衣服呢？』他把頭埋進雙膝間，一聽見這話我就知道不對了。

「吃飽了血液循環應該要好啊，冷個屁。」我壓抑著滿腔怒火，這些好兄弟還沒完了咧！「我得找到衣服是吧？」

老弟倏地抬起頭，看著我的眼神本來是一種恐怖無助，但漸漸的恢復理性，再轉成了一種獰笑，黑色瞳仁逐漸擴大，再次像墨水滴上紙般的擴散暈染，直至整個眼窩都塞滿了黑色。

『我還要找到他們！那些該下地獄的——』老弟激動的大吼著，身子開始扭曲而僵硬，他仰頭看向天花板，嘴巴張到最大，身體向後彎著，彷彿就此凍住。

我看得出他全身上下都在用力，那是一種用力到極致的伸展，然後又瞬間像洩了氣的皮球般一鬆身子，向後跌坐撞上牆，癱倒在角落裡。

阿泰在門口擋著不讓別人進來，大家都緊張的看著裡頭的一切，同事們紛紛蹙眉，那景象太可怕，心底幾乎都有底了。

我真的不知道該怎麼形容現在的心情，如果我有能力，可以把好兄弟從老弟身上拖出來，我一定竭盡所能的揍他們一頓。

扔著老弟不管，我站起身先搓搓手臂上的雞皮疙瘩，扶著額留意到右邊門口站著的同事們，想藉口不是我的專長，最會掩蓋的人現在卻癱在那兒。

「我們得請幾天假，他這樣不行。」我重重嘆口氣，「我等等跟老闆說。」

「沒、沒關係！我們可以的！」阿泰也趕緊接口，「是昨天外送時出的事嗎？」

「嗯，他送到巷底的廢棄工廠。」我指向了我們左邊暗巷的方向，阿泰瞬間臉色蒼白。

好幾個同事即刻交換眼神，一副好像早就知道什麼的樣子。

「我覺得妳帶他去廟裡可能沒什麼用，他會抵抗，死都不會進去的。」小玫戰戰兢兢走了進來，把我往門口拉了點，害怕的遠離老弟，「妳扛不動他，推也推不進去吧？」

「那可不一定。」我挑高了眉，「但是我不打算在大街上這樣鬧，鬧大了等等路人干預、警方來找更麻煩……」阿泰跟其他同事在那邊竊竊私語，聲音嘈雜到讓我煩躁，「喂！」

「啊？」阿泰慌張的看向我，面有難色，「昨天那個地址……眞沒注意到！你們新來的，也不知道這邊地址亂。」

「我昨天看過了，我們店這邊是一個地址，對面是另一個，巷尾靠右最後一間的地址，卻是右邊巷子裡的五十弄……算了，這亂到我不想說了，直接告訴我你們知道什麼？」

同事搔了搔頭，「就這條本來就有點暗啊，因爲我很常最後一個收店，有時會看見有很多人在巷底晃。」

「很多人？」我深吸了一口氣，「你是說好兄弟？」

另一個同事點點頭，「我白天也會看見，就是有人影往建物直走去，可是那明明已經廢棄了啊！」

「別說了，就上星期我在結帳時有人過來要點珍奶，我說不好意思休息了，一抬頭啥都沒有。」阿泰也眉頭深鎖，「我還追到門口看，結果側門被撞了一下！我嚇都嚇死了！」

店的左側門就屬暗巷範圍了。

「風大？」我覺得阿泰的經歷比較不靠譜。

「一個空杯擺在工作檯上，還大杯。」阿泰無奈的說著，「妳知道結帳時大家都收好了。」

「怎麼都聚在這裡？」老闆的聲音從後方傳來，抱了幾大箱物品進來，「借過借過。」

老闆一來大家就噤聲，不想讓老闆以爲我們在談論怪事，不過老闆一進門就看見癱坐在地的老弟，然後放下幾箱泡麵後，回頭狐疑的望著我，指向老弟，再看向其他人。

「身體不舒服啊？」老闆欲上前。

「先不要過去！」我趕緊大喊，上前擋住老闆。

老闆是止步了，他吃驚的看向我，再看向老弟，然後唉呀了聲！「吃飽了應該沒事了吧？還沒走嗎？」

這話接得也太莫名其妙了吧？

「所以老闆認爲他有事嗎？」我盡可能溫和的說。

「昨天外送單有五十弄十八號啊！」老闆檢查過昨天的單子，「他們又說阿霖外送時受傷，我就想到了，所以我今天加了很多好料耶！我還放了香粉想說讓她們洗好澡可以用！」

好、貼、心、啊！我頭都要炸了！老闆居然也知道！我一個人在原地繞著圈，到底爲什麼每個人都知道，還可以在這邊泰然自若的營業啊？

「這不是應該在應徵須知裡嗎？本店附近有好兄弟，需注意之類的？」我分貝拉高了些，「或是五十弄十八號不要送餐？」

「沒點過啊！」老闆理所當然，「這是第一次，每年都辦在這條巷口是有原因的，當初這工廠失蹤很多人，警察來來回回好多次，不然廠怎麼關的！」

「我不知道啊！誰會知道打工的地方會有……」這是不是應該要註記啊！

「不是這裡，這裡不是凶宅。」老闆突然扳起臉，「可別亂說話。」

「但隔壁整條都是啊！」我激動的指向巷子，「我弟去送了一趟外送，飲料不見了，錢沒收到，還被……」

店內一片靜寂之際，外頭突然有人在外面按了招呼鈴，叮的高分貝聲讓人嚇了一跳，連帶驚醒了癱在地上的老弟。

「咦？」他迷茫的環顧四周，反應極快的他很快的發現又出事了。

「妳冷靜點，唐恩羽，隔壁整條也不算凶宅，就只是失蹤案，但沒有證明發生過命案。」老闆看著撐起身子的老弟，「他臉色不太好啊！還是休息好了。」

「這休息不會好的。」老弟逕自接口，「能聯絡到隔壁巷的房東或是之前開設工廠的人嗎？」

老闆立即說沒問題，因爲連同這間飲料店，都是同一個房東。

老弟跑去喝了好幾口茶才緩過來，他回頭靜靜的看著我，劃上一抹歉意的微笑。

「少擺那張臉，對我擺歉疚沒有用！」我經過他時，直接朝他肩頭一拍，「振作起來，等等得幫上忙比較實際。」

我前去抄寫老闆給的資料，還順便請了假，叫老弟收一收，我們該走了。

我還是要去找一下師父，老弟不進去但我可以去啊！能求點東西用就用，不然憑我這樣纖纖美少女，要怎麼對付不知數量的好兄弟們。

才剛揹起背包往前走，突然有人拉住我的衣角。

我緩緩的回過身，看見老弟用怯生生的模樣，只用食指跟姆指捏著我的衣角，還抿著唇一臉害羞的開口：「我想喝珍奶……」

「你再用這種表情說話，我直接把你做成珍珠！」

5.

碰碰碰！我握緊飽拳在鐵捲門上用力敲響，我覺得不管是人還是好兄弟，都應該可以聽出我每一下的敲擊中，都帶有怒火。

老弟在我身後，有點爲難的看著那扇鏽蝕的鐵捲門，我每一次的敲動，都有一堆灰飛煙滅被震下來。

「我們是不是直接推上去？」老弟誠懇的建議。

「你昨天是自己拉的嗎？」我後退一步，「這不是自動門嗎？開啊！」

老弟無奈的笑著搖頭，上前試著半蹲身子，推了一下鐵捲門，果然輕易的可以人工朝上推去，唰啦啦的聲音傳來，但很妙的同樣就在昨天那個不及腰的高度時就卡住了。

「可能要上點油……」老弟使勁再推了一下，「應該是生鏽卡住了。」

我手裡拎著昨天訂購的十杯飲料，這裡的好兄弟在剛剛的普渡裡好像沒吃飽似的，又用老弟的身體點珍奶，幸好還沒要求什麼黑糖珍珠鮮奶茶這種貴參參的飲料，我還能扛。

「好，你在外面等我。」我開始冒手汗，這門一開，瘆人的厭惡臭味又傳出來了。

老弟驀地拉住我，「不是只送飲料嗎？」

「不入虎穴，焉得虎子……我雖然不想，但我還是覺得要進去看一輪。」我其實說話都在顫抖，「你在外面幫我把風，至少別讓門關上。」

老弟扣著我的手臂，半個字沒說，只是定定的看著我，還上前一步。老弟是所謂草食性男孩風格的傢伙，比我溫和、比我斯文、也比我理性，平常就是一副銀絲眼鏡笑得人畜無害，反正動嘴能解決的事，何必動手。

但偶爾，他也會有這種銳利的眼神，望進我的雙眼，什麼話都不必說，我就知道他正在不爽、而且絕對不會讓步。果然下一秒他便把我往旁邊推了一下，然後彎身先進去工廠。

嘖！我站在外頭，一般這種時候我都會閉嘴，我們姐弟有百分九十九的時間是老姐獨裁，但當老弟使用那百分之一、不容反駁的眼神時，我就絕對不能反對。

大手從門下伸來，我乖乖遞上飲料袋。

跟著彎身進入工廠，臭味眞的是從巷子的水溝裡一路瀰漫到廠子裡，昏暗的廠房裡視線很糟，從牆到地板的黑污斑駁都令人搞不清楚是什麼，有些還很黏膩，像是機油。

一進入工廠視線便襲來，我們兩個背貼著背好環顧周圍，每次都覺得在視線轉到的前一秒，就有影子掃過。

我比了樓上，讓老弟先走，這不是我這做姐姐的不顧弟弟，而是他走前面如果要造次的話，我分分鐘可以出手把他打趴！要是走我後面，莫名其妙又拿把刀往脖子上招呼，我怎麼攔？

「是誰說廢墟探險該找白天？」我邊上二樓邊唸著，「大白天走在廢墟裡一樣很剉啊！」

我留意著樓梯間對外的窗子，到底是覆上了什麼？怎麼這麼髒？陽光都透不進來！要不是不能打破，我超想立即砸開。

走上二樓時，我猛地拉住老弟，叫他站著別動，接著我走到裡頭指了指地上那柄美工刀，還有地上的破磚。

「妳用那個打我？」老弟忍不住瞪圓了雙眼，「從、這、裡、丟？」

「情急之下嘛！」我蹲在地上，看著那塊破磚上沾上的血液……不，上面沒有血！

昨天把老弟的額角丟出縫十針的破磚上，居然沒有一滴血。

靠！我留意著不讓老弟的血滴在這裡，結果卻忘了這破磚上的血，被我扔在地上，照樣是留了血在這裡啊！

老弟在旁邊開始分析我的臂力乘上速度再乘上那塊磚的重量……叭啦叭啦的吵死人了，我動手拿起那塊磚，上面果然一滴血都沒剩下，糟糕的是地板上也沒有，他們拿走老弟的血要幹嘛？

「……我居然只縫十針！簡直就是奇蹟了！」那邊還在唸。

「好啦好啦！辛苦了！吵欸你，就沒事啊！」我不耐煩的站起來，「要不是我扔這塊磚，你已經割開頸子了，還有命在這邊跟我抬槓？」

「所以是在百分之五跟零的存活率做選擇嗎？」老弟沒在客氣的。

「對！恭喜！你賭對了耶！」我用最假的笑容回應，煩死人了！「我們這麼吵，有沒有一點廢墟探險的樣子？」

老弟還在深呼吸，他瞪著我手上的那塊磚搖頭，好啦，他頭骨沒裂眞的是奇蹟好嗎！我扔出去時就沒想這麼多啊！

貼著牆往三樓看，看上去更加陰暗耶，我用氣音喚他，他只用一種生無可戀的表情面對我。

突然間，樓上傳來了機械聲。

咦咦咦！我跟老弟不約而同的貼牆站好，我站在高出他一階的地方貼著牆，聲音是從樓上傳來的，在這整棟廠房裡傳來迴音。

這裡曾經是棉被工廠，做的是加工被套床罩之類的，全盛時期巷子裡總是一車又一車的卡車來來回回，棉被一組一組的盛裝上去。

這聽起來，就是縫衣車的聲音啊。

走！我戳戳他的肩膀，叫他走我前面。

老弟皺眉，他拎著飲料，指指磚塊，像是在說他也需要點武器啊！

我拍拍胸脯，老姐就是武器啊，怕什麼！

老弟擺出懷疑眼神，明顯的緊張，朝我搖了搖頭，指向樓下，這種情況還往上走眞的不太明智。

人聲開始出現，我們同時顫了身子，緊接著當腳步聲從樓梯上開始傳來時，我跟老弟二話不說，直接往樓下衝！

「飲料放下！」我低吼著，這本來就是要給他們的！

老弟隨手擱在二樓，我推著他往下，但此時此刻，樓下居然衝上了一個人！

「哇啊啊啊——」我們一看到人影轉上來，我的右手即刻就要拋出破磚了。

剎！老弟倏地回身握住了我的右手，及時阻止我拋磚出去！

上樓的人也嚇了好大一跳，那是個中年男子，驚恐得已經退到了牆邊，臉色嚇得慘白。

我跟老弟在要下一樓的階梯上，中年男子在一樓半的平台上，也能算遙遙相望了！

「你……你們……在裡面做什麼？」男人突然吼了起來，「這是擅闖你們知道嗎！」

是人？是人類耶！我的手略鬆了下來，老弟也吁了口氣。

「抱歉，我們是來……外送的。」老弟居然實話實說，「您是房東嗎？」

喔喔喔，房東？老弟怎麼猜的？我趕緊把右手磚頭藏到身後。

「外送什麼啊！這裡都沒人住了，誰會點外送？」房東皺起眉，「我是聽飲料店老闆說有急事找我，一直說這裡有人闖入！」

老弟略挑了眉，我簡直不敢相信，老闆這理由哪裡生出來的啊！好兄弟們是本來就住在這裡的吧？

「我們是飲料店的員工，昨天這裡有人訂外送！我們店裡都有記錄。」老弟誠懇的解釋，「我們剛剛自掏腰包再送一批飲料過來，就怕有人餓肚子。」

房東明顯的皺眉，一邊唸一邊往樓上走，「我鐵門鎖得好好的，之前也沒有人溜進來住啊，那些遊民都還跟我說這裡不乾淨，沒人敢進來住。」

有人帶路！我趕緊拉過老弟讓他跟上，自己依舊跟在後頭，磚頭還是不離手。

「傳聞是因爲之前的失蹤案嗎？」老弟抓準時機開始問。

「唉呀，對啊！我就這麼衰……喂，垃圾！」走在前頭的房東抓過了一個塑膠袋，回頭遞到老弟面前，「你們店裡的袋子爲什麼放在這裡？」

聽著塑膠袋的窸窣聲，我跟老弟都愣住了，我們趕緊跑到往二樓的樓梯下方，這個就是我們剛剛裝飲料的袋子……對！問題是飲料呢？

「這裡面剛剛裝了十杯珍奶。」我嚥了口口水，「我們剛剛整袋放在這裡……」

「珍奶？」老闆揮動著還有水珠的袋子，「哪有？就一個袋子扔在這裡啊，你們不可以這樣在我這邊亂丟……」

縫衣機的聲音，突然一秒內響了起來，揮著塑膠袋的老闆當即愣住，眼球往上看去！然後，腳步聲又傳來了，輕快的足音從樓上步下，最可怕的是樓下也同時有人上來了！

『飲料很好喝喔！』走下的女孩穿著白衣紅裙，看上去可能比我還小，她手上拿著我們店裡的珍奶，淺淺笑著。

我們三個人全都呆在原位動彈不得，樓下上來的女孩逼得我們三個全部擠到牆邊，希望離她們越遠越好。

『太少了，我沒喝到！』上來的是個短髮少女，看起來年紀更小，『為什麼帶那麼少，要讓我們餓多久！』

誰讓你們餓……關我們什麼事啊！我看著短髮少女步步進逼，一把將老弟拉到我身後，我磚頭可還沒、沒沒鬆喔！

『讓我們餓，讓我們痛，把我的衣服還給我……』隨著少女的走近，她全身突然開始崩解似的融化，『妳想折磨我們到什麼時候——』

『住手！』樓上的女孩尖叫著。

短髮少女直接在我們面前上演了腐爛實境秀，三十倍速，她整個人從青春A肉體開始肌膚剝離、肌肉赤裸裸的顯現在我們面前，然後發黑生腐，整個人糜爛成肉泥，還在朝我們怒吼，伸手往我面前來。

『不要這樣！』老弟下一秒按著我的肩，居然把我甩進了二樓空地，『跟他們沒有關係！』

我措手不及，是連滾帶爬摔出去的，還眞的剛好滾到昨天那把美工刀旁，我緊張的撐起身子要站起來時，卻發現眼前有一雙腳。

那雙腳……已經是腐爛見骨的地步了。

該起？不起？

『這是我們的機會！快點去找啊！爲什麼不讓我用這具身體！』短髮少女的聲音相當尖銳，『妳出來！』

『妳不要碰他！』

碰誰？我即刻反應出他們是在講老弟耶！我緊握雙拳鼓起勇氣跳起來，我是想去幫老弟的，但是一起身，在我眼前的卻是個全身通紅、鮮血淋漓的女孩，她還伸出手，試圖扶住我？

「哇呀！」我忍不住尖叫起來，連連後退，「不要碰我！」

我轉過身，看著那個短髮的腐爛女孩瞪向我，老弟也用那充滿柔情的欠打眼神看我，我邊跑邊拾起剛剛被推倒時滑出的磚頭，狠狠的朝腐爛少女的臉扔過去。

「走啊！」

磚頭正中少女臉龐，我超感動能砸中她的，只是破磚砸到腐爛的肉上，磚頭彷彿陷入了些，肉跟血也濺出了些。

老弟繞開腐爛少女，朝我伸出手……他小指頭還翹起來！救命啊！

「下樓啦！」我不客氣的推著他，前去拉過完全傻掉的房東，直接往樓下衝，「都這樣子了你告訴我這裡只是失蹤案！」

『爲什麼讓他們走？』

『我們需要身體！』

『不可以這樣對他們！他們是無辜的！』

『我們也是無辜的呀！』

整棟樓開始出現爭吵聲，眞的是女生的爭吵，七嘴八舌的怒吼互嗆，我只知道跑，衝出幸好沒有降下的鐵捲門，我最後甚至是滾出去的！

因爲我一到一樓，就看見了那天嵌在牆上的人在那兒衝著我們笑，今天瞧了仔細，那也是全身黏呼呼血淋淋的人！

我一滾出那棟樓，即刻手動將鐵捲門壓下，然後迅速後退，退到了五十弄那巷尾的地方，越遠越好啦！

房東根本腳軟到站不住，貼著別人家的牆滑下，那雙腳啪啦啪啦的抖個不停。

「看清楚了沒？失蹤？」我激動的指著那間廠房，隨便算都有十個吧，你──」

我冷不防地揪過了老弟的衣領，直勾勾瞪著他，「幾個人？」

老弟瞅著我，卻突然冷冷的笑了起來，『我不管幾個人，我只知道我很痛！我超痛的，他們必須付出代價，沒有道理都是我們受苦！』

啪！響亮一巴掌打下去，「換個人說話！」

『啊……』老弟一秒變得梨花帶淚，撫著被我打紅的臉，『對不起，我本來沒要讓她們進來的，她們很可怕，一直想報復，但我只想找我的衣服！』

「幾個人？」我問著。

『我……我不知道！』女孩咬著唇，好，是我弟，咬著唇，『我知道我是第五個……』

「名字。」

『我叫……』女孩看著我，張口欲言，卻半天吐不出一個字，『我叫……叫……蕭什麼……』

「啊啊啊！那是什麼!!」房東終於回神，發出恐懼的叫聲，「鬼！啊呀有鬼呀！」

我趕緊蹲下身摀住他的嘴，這樣叫只是更會引來街頭巷尾的注意而已！「小聲點！你冷靜，你現在喊有鬼，大家只會把你當成神經病！」

餘音未落，房東靠著的那戶人家窗戶嘎拉打開，屋主超用力的，一開窗就是一連串的三字經先問候各家祖宗，末了再撂一句：「不要黑白講話！」

碗！窗戶再度關上，我們就蹲在人家牆角下，這角度屋主瞧不見我們。

「啊……看這反應，這裡的人只怕也知道這裡不乾淨啊。」老弟不知道何時恢復正常，也跟著蹲下身，「房東先生，我們想知道當年的失蹤案、還有工廠負責人的資訊，可以麻煩你嗎？」

「我……我……」

我斜眼瞄向老弟，他還有空無辜的朝我指指臉頰，因爲我打紅了。

「你也不希望屋子擱著廢吧？」我只好助攻，「簡單交代，我們說不定可以幫你解決，不然都凶宅的話，嘖嘖……」

「那才不是凶宅，明明只是失……失蹤……」這話說得一點兒底氣都沒，一屋子好姐妹，到底是哪裡不是凶宅了！

6.

房東嚇得語無倫次，我們後來是把他半拉半拖到七十巷那條街上時，他才勉強恢復精神，老弟突然說肚子餓，我很怕他突然吃下去給我在外面吐一桌血，幸好最後證實是本尊餓，我們就找了巷子裡的麵攤吃飯。

結果房東一提所謂的失蹤案，我們幾乎都有印象了！只是當時覺得就不怎麼干我們的事，所以沒去注意細節裡所謂的「十六美失蹤案」。

我們店旁那條巷子裡嚴格說起來一共只有兩棟樓，一棟就是在飲料店對面的小獨棟，接著後面那棟大的有八間店面，一路延伸到巷底都是一整棟，四樓的建築。

那是間曾經生意非常好的棉被廠，所以老闆承租下一整棟樓當工廠、示範館，還有小店面，不過主要業務並非銷售，只是客戶來時可以看貨，還有附近的街坊想買被子時也方便。

後來隨著產業蕭條、人工變貴，工廠逐漸縮減業務範圍，從全棟到承租一半，最後在沉船前，負責人毅然決然搬離國內，直接移廠到其他人工便宜的國家去，此後這整棟就難以出租了。

當然，這中間最大的原因，是謎樣的女工失蹤案。

「十六個，這個跟誰說誰都不會信是巧合的。」老弟滑著手機，「一間工廠失蹤十六個工人，老闆都無所謂的耶！」

「因為都離職了啊！」我也查到了關鍵，「這就是重點，離職員工老闆又不必負責。」

「嗯哼。」老弟挑了挑眉，「眞是不錯的護身符。」

其實當初是一直到第七個失蹤女工時，警方才留意到這起連續失蹤案，因為之前的女工失蹤都無人報案，到了第七個女工，男友說她要去領薪水後就沒再回來，警方也因此留意到在這之前，已經有數名女孩也失蹤。

不過負責人覺得莫名其妙，薪水都是轉進帳戶裡的，根本不需要離職員工過來領取，警方調取失蹤者的財務狀況，的確在正式離職後三天內，款項就已經匯入了。

但男友堅稱女友是回工廠領薪，整條工廠外的除了出貨區的監視器有用外，其他只有空殼，因此也沒有任何證據證實失蹤女工有回到工廠——不過，她們人都有到過附近。

有人出現在七十巷，有人出現在外頭的大路上，甚至飲料店有拍攝過買飲料的女孩，買完飲料看角度是朝左邊的巷子裡去。

但沒有證據證明女孩們有進入工廠，也沒人有印象她們有來過，所以警方無法拿到搜索令，無法詳查；但是接著第八、第九、第十……十六位女孩失蹤，全部都是該廠離職女工，已知有四分之一都說是要來拿薪水，有人說是要來找同事，然後就全體人間蒸發。

這巧合很離譜，但事情得照法律走，沒有證據證實女孩們進入工廠，而且員工當時超過百人，都沒人見過她們，這眞的硬要說是在工廠出了事，對負責人也很不公平。

負責人只覺得被鬧假的，警方三天兩頭的來煩，他的員工要不要上班？

「而且還有人證，當時的于姓會計證實了錢都是用匯款的，他們從不當面付錢。」我托著腮，唸著新聞當年的追蹤報導，「工廠裡其他的女孩也表示，這些人離職後就沒有再回來過，根本沒人見過她們。」

「都出現在七十巷了，不會想回去順便看看同事嗎？」老弟蹙著眉，「同事間關係這麼差喔？」

「五十弄沒監視器吧？我覺得沒拍到跟沒進去是兩碼子事，只是沒證據不會發搜索票的。」我看著當時資料照，「不過負責人好像後來有開放給警方搜索欸……」

「有！但是是他們年末大掃除之後，機器搬開後才讓警方進去搜查，什麼都沒查到。」老弟嘆了口氣，「有些地方有血跡反應，但跡證都被破壞光了，而且他們是縫衣工，受傷也算司空見慣，所以……不能證明什麼。」

「呵！好炫！清掃後好了再請警方去！」我搖了搖頭，「唉呀呀，我記得後來也不了了之，因爲這至今仍是懸案。」

老弟的手在紙上寫著，不知道在抄什麼筆記這麼認眞，我看著系統裡跳出的新聞，無聊點開，是最近一些有趣的都市軼聞，只是讓我意外的看見了熟悉的面孔。

「這件事我們仍在偵辦中，大火原因也在調查，關於失蹤的學生我們會努力尋找，請大家不要多做臆測。」一名看起來穩重的警官對著鏡頭說道，「關於什麼傳說什麼民俗思想，我們給予尊重，但辦案講求的是證據。」

怎麼打扮成那樣？不過我還是看得出來！抓起手機，滑開通訊錄，點開了某人的聊天室後，還是決定放棄。

向左邊看向老弟振筆疾書的背影，是在寫什麼這麼認眞，做筆記也不需要寫得這麼奮力吧？

「老弟！寫什麼啊？」我懶洋洋的問。

老弟沒理我，伏案書寫，我頓時感到不妙，全身倏地僵硬起來，這才意識到，冷氣機上的溫度又降得更低了。

我撐著桌面小心翼翼的起身，今天帶他去師父那邊，果然立即換了張臉說跑就逃；我是隻身一人去找師父的，說了老弟的狀況後，師父說他被不只一個靈上身，對他非常不好，要我想辦法拖他過去。

但我眞的無法，只能求治標，師父給了我符紙化水跟平安符，但老弟根本不會那麼輕易讓我戴上平安符！而且今天我才發現，他原本戴著的那個不知何時竟拿下來了。

擀麵棍我還放在桌上，我輕聲拿起，老弟完全如入無人之境，瘋狂的在筆記本上畫著。

我往前踏出一步，伸長手準備扳過他的身子——唰！房間門陡然一開，氣勢洶洶的老媽倏地站在門口，一臉凌厲的掃向我們兩個！

「誰拿我的擀麵棍！」她即刻看見我右手高舉的擀麵棍，「啊妳拿這個幹嘛？你們拿這個在打架喔？」

餘音未落，還在寫字的老弟直接被老媽巴頭，接著老媽上前，我趕緊雙手將擀麵棍奉上。

「哎呀！」老弟一秒清醒，抬頭看向老媽，「我是……」

「還有，誰昨天拆我供品？」老媽手持擀麵棍如持劍，指向老弟又指向我，「偷吃就算了還留垃圾，又給我搞得亂七八糟，弄得滿地都是！」

負有姐弟愛的我，毫不猶豫的指向老弟，「就他！半夜跑去吃東西！」

「啊你們房間零食還不夠多嗎？去吃供品？那個要拿去拜拜的！黑白來黑白來！」老媽拿尖端凸了我肚子一下，再搥了老弟的肩頭，「下次不許這樣！」

老媽風也似的來，風也似的走，磅的一聲重新關上房門！

我即刻推開椅子，滑步到門後、老弟的左側，認眞的捧起他的臉仔細端詳，「你誰？」

「唐玄霖。」他皺眉，臉頰被我當麻糬一樣亂捏。

「被老媽弄醒了喔，也不錯……所以眞的有揍有效。」我一邊說著，動手抽起他桌面上的筆記本，「你是在畫什麼……」

攤開的B5筆記本，畫上了滿滿的各種扭曲姿勢的女人，她們五官都呈現出最驚恐的慘叫，活像世界名畫吶喊的男人那樣的加強版，然後身邊都畫著一張飛舞的衣服還是毯子，接著就是整片整片塗抹得亂七八糟，以及下面寫上的名字。

「于佳……喜？」我皺眉，即刻要回到座位上找剛剛的失蹤名單。

「沒有這個人。」老弟拉住我，另一手抽回本子，「如果是這個于，工廠的會計剛好就姓于。」

「你身體裡的呢？」

「不知道，我只希望我身體裡沒有十六個，我已經開始感受到不舒服了。」

「要喝水嗎？」我劃滿微笑。

「我想喝，但我打賭妳遞給我時，我的意識就被佔走了。」老弟非常有自知之明，「她們搶奪意識時超級狠，我幾乎都是一秒就失去意識的。」

「女孩子打起架來可不比男人弱，尤其是那股狠勁。」我背靠著門盤算著，「她們在找衣服，你這上面也畫出來了，總之她們有人不是失蹤而是死了，重要的衣服被搶走，我看我們可能得把事情做完，她們才會罷手。」

「找遺體、找衣服。」老弟豎了指頭，「這些是天女嗎？衣服被奪走了至於這麼深仇大恨？」

「大概名牌吧！」我隨口說的，「師父說，好兄弟附在你身上就是有事想要拜託你完成，不速戰速決的話，你身體會吃不消。」

老弟無奈也只能接受，我們當即進行計畫。

老弟用房東給的電話打去給當初工廠負責人王先生，結果電話已經沒有使用，生意做這麼大不該會跑路，感謝房東還有詳細記錄，我們直接打市話。

接電話的剛好是一個于姓管家，她說王先生設廠在國外，長年不在家，有事情交由她轉告就好；我開門見山的說跟十年前廠房失蹤案有關，于管家居然立刻改口約了見面時間。

「于佳喜吧！她是會計，我們那時都說她是老闆娘的走狗。」

女人吸了口菸，緩緩吐出煙圈，她穿著專業的套裝，是某寢具專櫃的櫃姐，金色的名牌上刻寫著「吳美怡」的名字。這是房東給我們的資料，因為她當年是門面接待，跟房東接觸自然多，所以房東還留有她的聯繫資料。

現在的她，已經是專櫃的組長了。

「簡單跟你們說啦，別說出我名字啊……我們老闆長得是不帥，但有錢又會說話，那十六個失蹤的，都跟他關、係、匪、淺。」她用全世界都聽得懂的暗喻，「他一次劈好幾個，我們都不會挑明說，沒人想跟工作過不去，反正都自己選的。」

「全部都跟老闆有關係？」老弟忍不住嗤了聲，這也太巧了吧？

「對，我們當然也沒證據，但是大家又不是傻子，只要開始變美啦、有名牌包或是一些奢侈品，也不再跟大家去吃宵夜之類的，就八九不離十了，唉！」吳美怡又抽了口菸，「但是我剛說了，于佳喜是走狗，我們看得出來她會不知道嗎？反正這些老闆的女孩就一個接一個離職，然後失蹤。」

「那妳們知道那些女孩為什麼失蹤嗎？」我看著她，問出了關鍵。

吳美怡拿著菸的手略顫，斜眼瞥了我，「妳覺得十六個跟老闆有關係的女孩，下落不明十年的前提下，我們敢知道嗎？」

這句話太明顯了，其實我相信警方絕對也如此懷疑，但就是苦無證據啊！

「那有誰敢知道？」老弟輕聲問著，「我們可以參考的？」

「從會計變成管家，我覺得沒人比她知道更多了。」吳美怡劃上微笑，「不過我……不懂，你們是誰？為什麼會想查這件事？」

「巷口飲料店的工讀生。」老弟無奈的說著，「我接到了廠房裡叫的外送。」

吳美怡當場倒抽一口氣，手上的菸都快從指縫間滑掉了，她刷白著臉色看著老弟，老弟幹嘛說得這麼明白啦！嚇到人家怎麼辦？

「絕對跟于佳喜有關係，她跟老闆娘很好，而老闆娘醋勁不小。」吳美怡突然劈里啪啦的說著，「我是負責收拾廚房的，有好幾次我都發現在我們下班後，廚房前一晚卻又被人動過！」

咦？突然的資訊傳來，還有廚房，被使用過總不會是……欸，不太好啊！

「這個我們在查當年的新聞案件沒有……」

「誰敢知道？」她看著我們，笑得悲切，把未抽竟的菸捻熄，「不要再來找我了。」

轉身進了百貨公司，她像是逃走的。

我看著那彷彿在抹淚的背影，可以想見不只是她……可能所有的員工壓力都很大！

啜泣聲突然傳來，我看向也望著裡頭的老弟，他正輕蹙眉頭，潸然淚下，好一副我見想扁的模樣。

「哭完快走！」我不客氣的用力拍向他的背，「是可以哭得正常一點嗎？」

『人家哪裡不正常！』

人家！

7.

速戰速決，我們當天稍早便跟于管家約定隔天下午見面，而且老弟竟說要直接去王家拜訪，妙的是于管家竟也同意，並且說老闆娘剛好明天回國，或許能對我們有所幫助……看看這巧合，怕不是緊急訂機票殺回來的吧？

到了王家別墅外，我跟老弟嘖嘖搖頭，國外設廠好野人，佔地幾百坪的家園就算了，自家門前有專屬道路耶！

「隨便停。」門口早站著一女子，讓我們把機車隨處停，前面都空地自然輕鬆停。

屋外有幾隻栓繩的洛威拿犬，一看見我跟我弟就狂吠，殺氣騰騰的呲牙裂嘴，門外還有附電擊槍的保全。

老弟下車自然的打招呼，叫于佳喜的女人看起來很隨和，身高不到一百六十公分，約莫四十歲上下，不過給人感覺有些嚴謹苛刻，她穿著簡單的套裝，請我們脫鞋入內。

「保全嗎？好嚴格的保安喔。」我試探性的問。

「啊，就是多些保障。」于佳喜微微一笑，朝我們伸出手，「您好，我是管家，于佳喜！老闆娘已經下機了，路上有些塞車，再稍等一下她就來了。」

老弟下意識的閃避，我主動上前與之交握，「您好，我叫唐恩羽，我們兩個是巷口飲料店的工讀生。」

于佳喜略怔了幾秒，「啊……喔！我想說怎麼這麼年輕，我以爲是徵信社還是記者……」

「沒沒，我們兩個只是工讀生，但是……」我話鋒一轉，「您就是當年做證的那個于姓會計吧？說並沒有叫女孩們去領薪的會計？」

于佳喜表情沒什麼變，但眼裡的和善瞬間消失了。

「呃，怎麼會這樣猜？當年新聞並沒有提到我的名字，不過這……也不是祕密。」

「從會計到管家，跟老闆交情很好耶！」老弟手擱在身後，一副沒禮貌的樣子，開始往客廳亂走，「有一種說法，都說公司的會計多半是老闆的情婦，這樣做帳才不會洩密呢！」

「喂！」我回頭即刻阻止老弟，他卻看著于佳喜。

這是試探嗎？未免也太粗暴了吧！

「如果是這樣的話，老闆娘還會讓我當管家嗎？」于佳喜倒是從容以對，一副不在意的樣子，「所以你們為什麼會來問之前的失蹤案？都這麼久了！」

「因為我們遇到了一些事情……現在是鬼月嘛，有些好兄弟、應該說好姐妹們在過去的廠房裡作祟，我們普渡拜過都無效，順手一查才發現之前原來發生過十六美失蹤案！」我沒打算找藉口，就是這樣才能掌握第一時間的反應是不是？

不過于佳喜並沒有什麼我們預想的心虛或是臉色蒼白，反而是憂鬱般的皺起眉，哎呀一聲後喃喃自語：「啊！糟糕！農曆七月了嗎？」

嗯？我對她的疑問感到好奇，「已經過中元節一、兩天了喔！怎麼了嗎？」

「我忘記拜……不是！最近太忙了，我也是剛從國外回來沒多久！」于佳喜這才顯得有點慌亂，「七月前就在國外，居然把這件事忘了！」

「還好吧，人家說整個七月都可以拜的！漏拜會出事嗎？」老弟又意在言外了！但他繞到沙發後的廊道時卻突然停了下來。

他望著遠方發呆，我趕緊走到他身邊去，又上身了嗎？我走到才發現這家房子實在有夠大，眼前的走廊就有五人寬吧？而且又深又廣，站在這裡便能瞧見左側的是餐廳，再往下應該是房間吧。

「請坐到這裡來吧！」于佳喜的足音由後傳來，她正從門口朝我們身後經過，直抵客廳茶几。

老弟緩緩看向站在他左邊的我，張嘴的下顎顫抖，眼神裡充滿恐懼，抬起手指向走廊底。

『在裡面！我們在裡面！』他又用女孩子的語調說話了，『快把我們帶出來！』

餘音未落，他竟朝裡面衝了進去！

「喂！」我及時拉住了他，這是人家家裡，她們用的是我弟的身體，不要亂來啊！

『放開我！我要進去！』老弟左手劃個大圓，但想直接把我揮開還沒那麼容易！

「你們要做什麼！」身後的于佳喜也緊張大喝，但她不急不忙，因為沒幾秒鐘，大門就衝進保全了。

我嚇得往左後方的大門看去，一分神，老弟竟推開我就往前衝，我都來不及動，保全便分別從我左右兩邊衝上前去逮老弟了！

「你們到底來做什麼的？」于佳喜在後面問道，但卻氣定神閒的雙手交叉胸前，站在茶几邊傲視我們。

老弟正往右邊拐入，雙手試圖推開某扇門前，就被兩個壯碩的保全分左右架住，直接往後拖！

『哇呀——不！放開我！我們就在裡面啊！』老弟開始哭號，『于佳喜！妳不得好死！』

于佳喜明顯不解的蹙眉，因爲她不認識我們姐弟倆，只會覺得我們是瘋子吧！

我回首，她正低首查看手機，老弟則歇斯底里的邊哭邊鬧，逕直被拖到客廳，于佳喜叫保全壓著他，她要報警。

「妳確定要報警嗎？那我們就會順便說明爲什麼要到這裡來。」我看著被壓制在地上的老弟，他哭得涕泗縱橫，如果是女生應該很可憐啦，「我們會說當年失蹤的十六美已經死了，而且死狀超慘，全身都是血，至今還徘徊在那間工廠裡不走！」

于佳喜立即放下手機，換了張神情，橫眉豎目，「妳在胡說什麼！當初那些同事都是失蹤，警方也到工廠搜過，一開始就跟我們沒關係！」

『妳騙人！』老弟人是跪地，雙手分別被兩名保全拉著向後壓制，卻抬首狠狠的瞪著于佳喜，『是妳叫我們去的！妳當年怎麼害我們的？爲什麼要這麼做？』

于佳喜倏地回身看向滿臉盛怒的老弟，完全不明所以，「你們？」

『是啊，忘記我們了嗎？于佳喜！』老弟神情一變，又換成凶惡的那個了，『我是陳欣心!!』

咦！于佳喜臉色刷白，震驚得向後踉蹌，我趁著這混亂，早就悄悄後退，一溜煙衝向了剛剛老弟打算進入的房間！

就在剛剛某瞬間，我心裡起了一股惡寒，因爲我突然想起女孩們曾經血淋淋的姿態，短髮少女從正常到腐爛的模樣，她不是融解，因爲她們身上完全沒有衣服，我記得她是從正常變成罩著一層黏膩滑溜的黏液，像是根本沒有皮膚！

老弟的塗鴉、女孩們的哭喊、發冷的喊著沒有「衣服」，以及狀似劇痛的扭曲神情！

我進房前沒忘記趁機打開了背包背帶上的相機全程錄影，反正如果最後得進警局，證據全一點對我更有利。

才踏入房間，一陣暈眩便即刻襲來，伴隨著令人反胃的腐爛氣味——嘔！我真的是差點被這味道擊倒，嚇得摀住口鼻停止呼吸，踉蹌得貼在牆上，驚恐的看著眼前這採光良好、窗明几淨的寬敞主臥室！

坪數超大，打掃得一塵不染，櫃上還有鮮花，非常講究的家庭，但這股腐爛味是怎麼回事？

「喂！妳不可以擅闖！」于佳喜果然即刻衝進來，伸手就抓住我的衣服，「出來！」

她哪拉得動我，我看著她焦急的模樣，這味道噁到爆炸，她怎麼可能無動於衷，所以只有我聞得到？我輕易甩開她，慫著氣往房間深處走去，在哪裡……東西在哪裡？

我經過了床尾，走到梳妝台甚至落地窗邊，卻什麼都沒看到，這就是一個跟傢俱公司 DEMO 一樣的豪華臥室啊！我打開落地窗往外瞧，陽台還有躺椅，有夠悠閒，退進屋裡轉身時，梳妝台裡映著我的身影，還有我身後那個赤裸著身子、全身鮮血淋漓的女孩！

她，指向了我的左邊！

幹！嚇死我了！我看著她殺氣騰騰的雙眼，左邊……就房門旁有間儲物間，我推開了又上前阻止我的于佳喜，直接進入那扇門。

結果那是間比我跟我弟房間還大的衣帽間，味道濃到我不得不乾嘔，連用嘴巴吸氣都可以嗅到那嚇死人的氣味，然後……我聽見了水聲。

滴答……滴答，滴答滴答，扶著牆的我緩緩起身，聲音就在我的左手邊，我眼尾瞄向地面，鮮紅的血一滴滴的滴落地板，它們滴成了一片血窪，還有更多的血由上往下滴落。

我趕緊退後朝上看，在這架子的上方有一床被子，被子裡幾乎被血浸滿，血甚至多到冒了出來……而且緊接著不僅是這個架子，整個衣帽間好多東西都滲出血來，連衣服上也拼命的湧出鮮血。

「我要報警了喔！」于佳喜氣急敗壞的尖叫，「妳不能這樣任意硬闖！」

「歡迎，請！快報警吧！」我直接伸手要拿下正上方的被子，「這床被子是誰的？」

于佳喜聞聲朝上看，那瞬間，她的臉色刷白了。

就是它！我一躍抓住了被子套，直接拽了下來！

「不可以！」于佳喜突然歇斯底里的尖叫，朝我撲過來。

我握住被子的提把，輕鬆的閃身，借力使力的將她往裡推，這種亂無章法的攻擊怎麼可能對我起作用！

這袋被子不算重，但這兒不是能悠閒觀察的地方，我略微踉蹌的扶著門往外衝！只是才衝出去，迎面就看見已經掙開箝制的老弟，逕直朝我衝來！

他超順手的搶走我手裡的棉被，我完全措手不及！

「去哪裡啊？唐玄霖！」我都愣住了！

『廠房裡還有證據！』他回頭大吼著，直接殺出了門！『會計小姐，好好轉告吧！』

我身後猛然又被一推，是于佳喜撲出來了，她驚慌不已的想追出去，我當然跟著溜，客廳裡的保全已經倒地哀鳴，果然是老弟醒了！于佳喜看向半開的門、消失無蹤的老弟，終於發出了歇斯底里的叫聲。

「啊啊啊——你們做了什麼！你們！」她抓狂般的不停長嘯著，再不穩的往一旁的櫃子摸去，抓過自己的手機。

屋子裡此時已經完全沒有腐臭味了，沒我的事兒，三十六計走爲上策，閃！

我也跑出了大別墅，結果發現機車居然不在了！老弟居然自己騎車走了！眞的是……太不講江湖道義啊！把我一個人扔在這裡我怎麼辦？

我哪敢留在王家門口，只好先溜到大路上再叫計程車……去哪兒呢？老弟剛剛說工廠還有證據，我怎麼不知道？工廠就是很欠缺光的昏暗跟空曠，剩下的就是好姐妹們啊！

不過三樓以上我們都沒踏足過，說不定還眞的有什麼，老弟跟我不知道，那些女孩卻比誰都清楚。

轉告誰？我在意的是這句話。吳美怡說過，十六美幾乎都跟老闆是情人關係，大家都知道，但是沒證據誰敢說，而且又被威脅要開除她們。

而且十六個同事失蹤，警方又無可奈何，誰不怕啊！

我跳上計程車，試著打老弟的手機但他沒接，反而是老媽傳訊過來，問我們有沒有要回去吃飯。

「不知道啦！現在事情就還沒處理好！」我直接打過去，「就有事啦！阿弟啊有回去嗎？」

「沒有啊，到底什麼事？你們是在忙什麼？誰又偷吃我擺在神主桌上的東西？」老媽嚴厲的在電話那頭劈里啪啦，「妳不要給我搞些漏狗搜狗的事喔，唐恩羽！」

「我哪有！這都不是我們願意的捏！都馬是——」我話梗住，這叫我怎麼開口啦，「反正幫我們留飯菜啦，我們晚回去自己再熱……如果，如果可以回去的話……」

「是在說什麼！」老媽惱得罵人，「最好回來給我說清楚。」

「回去再說回去再說……」我掩住手機，「司機大哥，前面飲料店那邊停！」

「……啊你們不是在上班？怎麼在計程車上？」

「那個……我們請假啦，就旁邊那個工廠很煩，回去再跟妳說！我要先去找阿弟啊了！」我匆匆刷了條碼，匆匆下了車。

一下車就正對到阿泰的雙眼，他立即指向巷子，「阿霖剛進去！」

「謝了！誰都不要靠近！」我衝進巷子裡沒幾步又跑出來，設了個時間點，

「我們如果一小時內沒出來，報警！」

阿泰皺起眉，「要到一小時這麼久嗎？半小時吧？」

「不能不進去嗎？」小玫也跑出來了。

這話聽得我渾身不對勁，「就、就給點時間吧，如果聽到慘叫聲的話就先報！」

「妳要去幹嘛啊？還等慘叫！」同事都嚇到了。

我完全解釋不了，哎了好大一聲，甩了手，先去找老弟再說啦！

若非情非得已，我才不願意再進去那個地方咧，尤其老弟現在還是隨時被上身的狀態，甚至把那床被子奪走了。

那床被子我都還沒仔細看咧，說好的衣服呢？我邊想邊打了個寒顫，拜託千萬不要是我猜想的那樣。

衝到巷底末間，我們的機車就倒在地上……倒在地上？是怎樣？好好架中柱不行嗎？我不爽的把機車牽起，再把相機拿出來錄個遺言，「我唐恩羽，如果我出事的話，拜託查一下這間工廠的負責人，之前的十六美都已經死了，我跟我弟絕對也是被害的。」

把相機夾回背包上，我俯身鑽進了永遠升到一定高度的鐵捲門下。

靠！更臭了！我進去後捏起鼻子，第一時間朝右邊的牆壁看，那邊現在沒有嵌在上頭的人，但牆上卻留下了一片黏稠的血漬。

我從背包裡抽起擀麵棍，老媽，對不起，家裡找不到適合的東西，我就拿了件還順手的東西了！我一定買一支新的還妳。

「唐玄霖！」我扯開嗓門喊著，這種時候大家就不必裝低調了。

「樓上！四樓！」

四樓？我一點都不想爬那麼高啊！我謹愼的上樓，今天的廠房跟之前很不一樣，因爲樓梯上全是拖曳的血痕，還有大小不均的血跡噴濺到處都是，到了三樓平台時，我甚至看見了拖把拖過血的殘痕。

我蹲下身，看著那一絡絡的拖把血痕，這是用血在拖地嗎？角落還有我們家飲料店的飲料，明顯都已經壞掉發酸了，應該是第一天老弟送來的飲料們。

走上四樓，每一步都沉重，樓梯幾乎都已經被血染紅了，血甚至在每階樓梯上橫流出小瀑布，滴答滴答的落下。

腐臭味夾帶著滿屋子的鐵鏽味，好好的爲什麼要來這種地方活受罪？我走上四樓時，清楚的看見十幾個全身鮮血淋漓的女孩，以各種不同用力的姿勢扭曲著、散佈在四樓的各個角落。

老弟站在正中間，眼前立著那套被子。

我從背包裡拿出準備好的手電筒，這個還是可以架的，不必手持非常方便，燈光一亮，刺眼得讓老弟以手遮眼。

『太亮了！』

「人類的眼睛會受不了啦，要不要考慮離開我弟的身體？用鬼的眼睛就不怕囉！」我悻悻然的把手電筒安放在一個可照亮整層的地方。

老弟看著我，但連下顎都在發抖，又是一副快哭出來的樣子，我突然發現，他手上握著那柄黃色的生鏽美工刀。

「有完沒完啊！這把刀也太陰魂不散了吧！」我上前要搶下那柄刀子，這把刀比這些好姐妹更令人討厭！

老弟即刻把刀舉起，卻抖到連刀子都握不太穩，遞給了我。

『我……我不敢！』他說著，淚水滑了下來。

『開啊！』包圍著我們的好姐妹們嘶吼著。

『我不敢啊！』老弟驚恐得雙手捧臉，『我們不會在裡面的！不會！』

『開——』忿怒的尖吼帶著殺意，我都打哆嗦了！

看著朝這裡痛苦爬來的女孩，我依然是怕，但是我不得不仔細看著她們身上每一吋肌膚……她們眞的沒有皮膚！

『開啊！』短髮少女爛得最嚴重，但這殺氣的辨識度也最高。

「好啦！不要吵！」我大喝一聲，「都退後！靠這麼近幹嘛！」壓力很大耶！

我搶下刀子，拉過老弟到我身後，讓他離樓梯近一點，要是有事可以逃得比較快……然後，我緊張的看著立在地上的被子。

「妳們附身在我老弟身上太久了，做人要有分寸，是該離開我弟的身體了。」我試圖交換條件，回頭看向老弟，他還是那副悲傷的柔媚神情。

就開條被子而已，有什麼了不起？我咬緊牙關蹲下來，這被子收納得很好，現在在透明袋裡完全不見血，就是條白底帶花的普通冬被；拉開拉鍊，根本也不需要刀子，被子就這樣現身了啊……噢！

我再度皺眉，一股衝鼻香味溢出，居然可以掩蓋過這些好姐妹們的腐臭味……我拿起來湊鼻一聞，好姐妹們跟著露出僵硬驚愕的神情。

「這是泡了什麼香水啊，有夠難聞的！」我咳了兩聲，超嗆的味道，一點兒都不好聞。

一屋子的好姐妹靜了下來，她們用渴望的眼神看著我，這靜謐反而讓人心驚膽顫。

「呃，我打開了？」我一一望著好姐妹們，她們可怕的臉上透露著渴望。

我將被子抽出來，把塑膠袋直接踢到一邊去，將整條被子攤開在地面上，這舉動讓好姐妹們開始騷動，她們明顯的在我沒注意時又靠近了些。

「退後！」我身後的老弟毅然說話了，「不然我一把火燒掉它！」

『不不不——』好姐妹們驚恐的後退，我回頭看向老弟，這口吻這態勢，啥時回魂的沒先出點聲。

老弟手裡真的拿著打火機，恫嚇意味十足，我都不知道他啥時帶的。

我摸索著找到被套的拉鍊，壓著被子找拉鍊時，發現這被子沒想像中的柔軟，至少我掌心壓上去時有點硬！找到拉鍊頭後我迅速的拉開了被套，然後完全不想做心理建設的，直接把被套拆開——

我沒猜錯！我看向那些痛苦的亡者們，我完全知道她們爲什麼會冷、爲什麼會如此痛苦、爲什麼會血淋淋的了。

因爲她們的「衣服」被剝掉了。

一大張組合縫製的皮，就縫在被套下裡，用劣質的香味遮去皮料上的防腐味，我推出手中的美工刀片，用盡全力，才能壓下顫抖反胃；我想著這是她們的人皮，只感到頭皮發麻。

我沒空一個個割斷縫線，我選擇把最上層的被套整片割下來！因爲那層皮四邊都縫死在被套下，摸上去都是光滑細緻的肌膚拼接而成，我不想去思考到底誰做這種事，只想快點把「衣服」還給她們。

「慢點。」老弟在我身後低身說著，「在最後一邊割斷前，我們必須處在可以跑的位子。」

我懂他說的，扯著被子向後退，逼近樓梯——然而，樓下突地傳來鐵捲門被關下的聲音，緊接著是腳步聲匆促而上！

這是怎樣？這地方十年沒客人，一開張就生意興隆啊，怎麼大家都喜歡往這兒撞？

「不！」果然是于佳喜，她一上來就看見了我正在割被套，「妳為什麼要破壞它!?」

我都還沒質問耶，這先聲奪人也太扯了！但她身後走上的人又讓我嚇了一跳。

不是工廠負責人的老闆，而是一位有著精緻妝容的女人。

而且她不藏不躲，手上明目張膽的握著一把銀晃晃的刀子，我才留意到，于佳喜也揹著一大包東西耶！

「妳是……王太太嗎？」我有種恍然大悟的感覺，「這張人皮是妳縫進去的嗎？」

王太太輕撩了撩頭髮，紅唇微笑，「是，我是王太太，很多被子裡都縫著我丈夫喜歡的那些女孩的皮囊，我就讓他每天蓋著她們。」

「不乾脆做件皮衣自己穿？」我咬牙反諷，王太太卻噗哧的笑了起來。

「妳以為我沒有嗎？」

呃啊！我打個寒顫竄起雞皮疙瘩，「媽呀！太噁爛了啦！」

「這些都是騷貨，勾引我老公，只不過仗著年輕的肉體，光滑細嫩的皮膚罷了。」王太太開始明顯的打量我，「妳的皮膚看起來也很不錯。」

「是還不錯啦，但這張皮我還要用，沒有要給妳的意思。」我說著，一邊繼續割開剩下那一邊的被單。

「妳剝下了她們的皮膚，就爲了報復丈夫嗎？」老弟冷笑出聲，「妳爲什麼不直接剝下妳老公的皮就好了？」

「我愛他，我怎麼可能傷害他？他是男人，本來就擁有野性，當然很難把持自己，重點是那些女孩們！明知他結婚了，卻仗著自己年輕就誘惑他，自然是她們的錯。」王太太說得理所當然，「反正她們可取的地方也只有年輕的皮囊，我丈夫喜歡，我就留下來！」

「他知道他蓋著那些女孩的皮嗎？」老弟邊說，一邊走到我面前，刻意擋住她們的視線。

所以我的刀子在被套上，又緩緩的割開了幾公分。

王太太笑而不答，那笑容卻極爲意味深長。

「你們說的證據在哪裡？」于佳喜緊張的張望，我從她們的反應幾乎可以斷定，她們看不見背後的好姐妹們。

最絕的是，好姐妹們都躲起來了是怎樣？她們在怕什麼？

「不重要，我不想探討為什麼你們會知道這麼多，這一切最後一樣會繼續是祕密。」王太太輕輕拍了拍于佳喜，「但你們沒有勾引我丈夫，我可以等妳死了再剝皮。」

咦？這句話讓人瞬間背脊發涼！

「難道……那些女孩都是在活著的時候被——」天哪！她們會痛苦成那樣，是因為活活被剝皮而死嗎？

「這也太變態了吧！」連老弟都不可思議的喊了出聲。

「這是藝術喔！」王太太舉起了手裡的刀，「勾引別人丈夫時，就該先想到這一層了啊！」

『啊啊啊——』背後響起了驚恐的聲音，我趕緊看向好姐妹們，她們蜷縮成一團，就連狠戾的短髮少女都懼怕那把刀！

是剝皮刀嗎？對對對，我聽說過，傳說中有的殺豬刀因為砍得命多、刀上煞氣太重，反而讓魍魎不敢近身！更別說這柄刀是殺死她們、又活活剝下她們皮膚的利器啊！

勤勞的于佳喜已經在旁邊擺好了陣……從包包裡拿出了大片塑膠布、大型切裁機了！

我突然意識到，爲什麼當初這裡鮮有跡證了，如果每次作案她們都是用那麼大張塑膠布墊著，再多的血也都包在裡面就解決了啊！大型切裁機的模樣應該是切肉切骨的，眞的是印證了工欲善其事，必先利其器啊！

這時，于佳喜身後角落的隔間飄出了水蒸氣，水蒸氣從白煙轉成粉紅，粉紅裡便是帶著紅血，隔間上頭的塑膠牌寫著：廚房。

我默默的割斷了被套。

『啊啊……嗚……』好姐妹們看著我手上縫著被套的人皮，渴望著伸長手，但又不敢靠近。

「男生的皮……居然比女生美啊！」王太太還在打量著老弟，「眞不錯。」

我有種中槍的感覺，好啦！老弟皮膚本來就比我好！

「妳想得會不會太簡單？我們跟那些女生不一樣，妳以爲我們會站在這裡讓妳動手？」老弟搖了搖頭，「都幾歲的人了，眞是好傻好天眞。」

老弟講話就是這麼毒，一針見血，專找王太太年華老去的痛處戳。

結果冷不防出手的是于佳喜，她朝我們扔出什麼，我跟老弟下意識的閃躲之際，她人居然撲了過來，手裡還握著針筒就往我身上戳——我下盤極穩的蹲著，完全不需要用手撐地，左手還能擋住她的手腕，直接向上回推！

老弟左腿同時從我面前舉起，不客氣的踹開她！

「麻醉劑嗎？」我腰肢軟Q的起身，大步走向被老弟踹到跌倒的于佳喜，輕易抓住她的右手，打算扯下那支針筒一探究竟。

而原本優雅站在樓梯口的王太太半句沒吭，就在老弟跟我走向于佳喜時，舉刀便朝老弟衝過去，老弟自己可以應付我不必顧慮他，逕自抽過了針筒。

「原來是先用麻醉劑讓她們不能動再剝皮嗎？」我喃喃說著時，王太太在我身後尖叫著，被老弟甩到牆邊去。

銀刀拋在空中兩圈再落下，老弟準確的接住，「刀子GET。」

「閃人！」我回身拾起地上的人皮被套，狠狠朝四樓的另一角扔去——還給妳們！

「兩位應該好久沒跟同事見面了，好好聊，我們就不打擾囉！」老弟客客氣氣的說風涼話，趕緊往樓下走去，讓凶刀離好姐妹們越遠越好。

『啊啊——』好姐妹們頓時嘶吼激動的撲上那拋出去的被單，發狂般的撕著上頭的人皮。

每個血淋淋的女孩，都在找尋自己的皮膚，那件「衣服」。

「咦？」于佳喜彷彿看見了，驚恐的發出尖叫，「哇——啊！哇——鬼！鬼啊！」

我跟老弟幾乎是用跳的下樓，腐臭味再度瀰漫開來，我之前就有跟老弟聊過，沒事可以練練跑酷，現在更覺得如果我們有練的話，下樓梯絕對快得更——磅！

一道黑影驀地從天而降，我連是什麼都沒看清楚，直接被從樓梯上往樓下踹飛而去！

「哇啊——」

我的背在樓面磨擦，我從一樓半的平台被踹下樓，還一路滑到樓面中間，痛到我連站都站不起來！另一聲落地音比我紮實多了，絕對是老弟，男生嘛，又高肌肉又比我多！

但這種情況加上逼得人汗毛直豎的殺氣，都讓我跟老弟咬著牙也得撐起，樓上的尖叫與慘叫聲開始響起，樓下這邊也不遑多讓，是那個短髮少女，跟另外幾個明顯就是比較凶惡的好姐妹們。

穿回「衣服」的她們，只恢復了一半人形，衣帽間裡滴血的被套還有好幾袋，看來要把她們拼回來也需要一點時間，不過這幾個女孩至少身上有一半覆上了皮膚，也有了臉龐，看起來我拿的那副被子裡，有著十六人的綜合皮膚啊！

「我覺得我們已經仁至義盡了。」老弟扶著我，逼得我快站起，問題是我摔得疼啊！「也幫妳們把剝皮的人帶來了，沒道理不放過我們吧？」

『你們都有看到……』短髮少女凶惡的呲牙裂嘴，『你們明明都有看見我們進入工廠！為什麼不救我們！』

什麼!?我眞的因瞬間撞擊導致麻痺難以動彈，但我腦子沒壞，聽不懂啊！

『我進來前還去了買了珍奶！』另一個高眺的妹子尖叫著，質問著我們，

『只要你們報警，我就不會死！』

哇，哇！我懂了！她們認爲飲料店的人應該知道她們回工廠嗎？

『那天，我是被拖進來的。』再一個長髮的姐妹雙眼淩厲的瞪著我們，步步

走來，『我在門口掙扎著，我一轉頭……你們就在巷口，你是看得見我的！』

說時遲那時快，長髮妹子尖叫著朝我們撲來，我趕忙拿出師父給的平安符朝她扔去，就見半空中炸開一朵小煙花，勉強照亮了一樓空間，長髮妹子瞬間像是被彈飛般的向後飛去，但轉眼消失不見！

下一秒，她竟然從我正上方的天花板衝了下來，毫不猶豫的直接攻擊我！

「太扯了！」腎上腺素爆發，我操起擀麵棍雙手打直的及時擋住她，「這是十年前的事了大姐！妳們已經死十年了！我們兩個才剛去打工而已！」

『把妳的皮賠給我！』長髮妹子叫著，利爪從我右臉頰鬢處，直接割開我的皮膚，一路往下到頸子。

「哇啊啊啊——」好痛！痛死了！

『我也要她的皮！』聽起來又是一場爭奪戰。

我每次這麼搶手時，對象都是好兄弟……是不能有個正常人覺得我很搶手嗎？

老弟用身體撞開了長髮妹子，讓我得以喘息，我朝旁滾去，狼狽的逼近鐵捲門口……這些好姐妹也太猖狂了吧？她們不是應該怕刀嗎？凶刀呢？

「刀呢？」我喊著，老弟居然沒帶下來。

「姐，妳擋著！」老弟喊著，往樓梯跑去，「我剛把東西扔在二樓了！」

「是不是可以不要亂丟東西！」我尖吼回應，凶刀不是應該要帶出去嗎！

短髮妹子她們非常重女輕男的無視老弟，全部朝我走來，我再兩個打滾試圖打開鐵捲門，該死的卡住絕對是定番，不管是亡靈所為、還是王太太故意不讓我們出去，反正現在誰都出不去！

厲鬼在前，我還在找身上的佛珠，可就在這剎那，又有人從天花板穿透，撞開了凶神惡煞的妹子們。

『妳沒事吧？』只有一半臉皮的女孩看著我，那眼神跟老弟被附身時有八十七分像。

我知道是她，她是主要附在老弟身上的女孩嗎？蕭蕭。

『不能殺！這不關他們的事！』

『我只要衣服回來，我只要入土為安！』又有其他好姐妹出現了。

『那個老女人也不讓殺，這個也不讓殺，那我們的痛與恨怎麼辦！我們死得這麼慘，都是這些人造成的啊！』

關我屁事啊！我們只是領時薪的工讀生好嗎！現在工讀生責任沒有這麼重的啦！

好姐妹們瞬間分成了兩派，但凡是善良的阿飄總是很難拼贏凶惡的，這一點不管死後生前都一樣，所以良善派的阻擋，下場就是被凶惡派的打著玩，扯斷的手腳齊飛，都只在眨眼間。

我這才注意到四樓的慘叫聲不知道何時停了，但是老弟拿刀也拿得太久了，我撐著牆面起身想要去找他時，卻看見他二度從樓梯上摔下來，摔下時還撞開了好幾個良善的好姐妹們。

『見死不救！』又一個妹子暴怒的衝來，指著我們忿恨難平。

老弟沒有遲疑的起身朝我奔至，還一臉不明，「妳爲什麼沒開門咧？」

「你來！」我把護身符纏上擀麵棍，跨步上前直接一棍揮向新來的妹子，能擋多久是多久！

師父這些平安符根本沒用，都只有瞬間傷害，而且傷害值只有1好嗎！這是殺敵1自損1000的戰略啊！

不過總比她們可以一直傷害我們好，我就來一個打一個，來兩個打一雙，身後的老弟努力半天，我也沒聽見鐵捲門升起的聲音，啊不是很會！

「太誇張了！我弟被妳們上身，該做的都幫妳們了，普渡也拜拜了，吃飽喝足加找凶手，還要我的皮？」我眞的氣急了，更別說摔得全身痛，還割我臉！「做鬼也要有分寸好不好？」

『我們都被剝皮了，談什麼分寸！』短髮妹子氣急敗壞的想把氣都撒到我們身上，『當初只要你們報警，我們誰都不會死！』

搞得跟人家的義務一樣，「要找去找剝妳皮的人，不……妳們要去找玩弄感情的人！那個老闆吧！」

王老闆，工廠負責人，玩弄這些女孩感情的始作俑者，不是一開始就要針對他嗎？連王太太也都神經有問題，找這些涉世未深的女孩有屁用！

好姐妹們居然同時一陣沉默，提及她們曾付出的對象，空中卻流淌著一股悲傷，是悲傷，不是恨耶！我的天哪！

老弟費盡力氣癱坐在地，我回頭看向他，他無奈的搖著頭，推不開鐵捲門，我們出不去了。

我們……我想老媽的飯菜了！我剛剛爲什麼要說如果回得去的話……烏鴉嘴

啊！

磅！鐵捲門突然被重擊，貼著鐵捲門的老弟嚇得往後彈，我趕忙一手橫著擀麵棍想擋住那些發狂的妹子們，另一手上前拖過他。

但是，我在拉著老弟一起往角落退時，卻發現那群凶狠的好姐妹們也露出遲疑的神色，與我一樣後退著。

所以我們兩方都在退後，距離越拉越開，不過我們這邊沒多少空間可以退，因爲鐵捲門本來就是開在偏我這邊的角落。鐵捲門震顫幾下後，居然被拉開了——結果開的是中間那一道，不是我們這幾次以來穿過的右門！

鑽進來的人率先看向好姐妹，驚嚇到的罵了句髒話，然後再朝右看向我跟我弟，我們兩個瞠目結舌，話都說不出來了。

「現在是怎樣？」來人手上拿著一般陽台蒔花弄草的小圓鍬，朝著好姐妹們走過去，「我小孩妳們打的嗎？」

老媽？

啪！圓鍬響亮的打在最近好姐妹們的臉上，那是凶巴巴的長髮少女，她一陣錯愕時，又被打了一下！

『呀——』短髮少女一把撥開被打的姐妹，朝著老媽撲去，結果老媽一圓鍬刺進短髮少女的鼻骨裡！

「我小孩是妳們搞的嗎？蛤！」老媽居然一把抓住了短髮少女剛披回去的人皮，拿著小圓鍬如雨點般的連續擊打！「搞得他們受傷，精神不濟，還偷吃供品！說啊！」

……刀……刀子！我當即扔下老弟，筆直往二樓衝，階梯上卡著一堆嚇得瑟瑟顫抖的良善好姐妹們，我對她們比聲噓，揮揮手叫她們上樓躲，沒事不要到一樓來！

「欺負我小孩前有問過我嗎？還吐血！讓我寶貝兒子吐血的是誰？」我在二樓都可以聽見老媽的怒吼聲，所以抓起凶刀時，不免猶豫起來。

把刀子給老媽好嗎？那些好姐妹們其實也很可憐，她們死於劇痛中，年紀又輕，思想偏差更是常有的事，但讓老媽用這把凶刀下手的話，會不會損及她們的靈魂啊？

「唐恩羽！」老媽突然在樓下吼我，我選擇放下刀子，門都開了，我們閃人就好了對吧！

「來了！」我趕緊要下樓，可這時樓上卻有人渾身是血的踉蹌走下……于佳喜！居然還沒死？

她驚恐莫名，身上有著很多割傷，「救我……救我……」

我只是看了她一眼，三步併作兩步的跳下樓梯，她要問的不是我，是這些好姐妹們。

一下樓就看見老媽揮動著小圓鍬朝另一個凶悍妹子臉上左右開弓的巴，一樓剛剛那些凶惡的女孩們現在全部都被恐懼籠罩。

老弟在門口朝我招手，我趕緊上前。

「老媽、老媽……我們走了！」

「你們兩個厚，妳——」老媽轉過來一見到我，即刻瞪圓雙眼，「妳臉上這傷……夭壽喔！劃到這麼下面！誰幹的！誰！」

就是妳手上那位，但是那位妹子好不容易貼回去的皮已經被老媽刺爛了，我覺得還是不要再欺負她們了。

「我說誰！」老媽再度揚起小圓鍬，其他女孩們倏地全體指向老媽手上的妹子！

靠！太有同事愛了吧！難怪十六美失蹤案十年都破不了！

「老媽老媽老媽！」我趕忙攔住老媽的手，她看起來就是要切開劈爛她們啊！「我沒事，我們快走！」

「不是啊，敢這樣傷害我女兒？」老媽氣急敗壞，「不要以爲好兄弟就了不起！大家做人做鬼都要有分寸啊！」

行行行！老弟也忙不迭過來拉走盛怒中的老媽，我還得朝那妹子使眼色，一掰老媽的手，妹子就要快跑，大家都跑得越遠越好ＯＫ？

「想傷我小孩都休想啦！」老媽被拖出去時還在罵，右手那小圓鍬氣得拼命揮舞。

我鑽出鐵捲門外後，老弟趕緊將門踩關上，我吃疼的撫上頸子，眞的是血紅一片。

「妳厚！」老媽一見到我，氣急敗壞抽過擀麵棍，「我是不是說不要拿我擀麵棍？妳害我要用還得跑到這裡拿！」

喔……喔，哦~我撒嬌般勾住老媽的手，「所以是因爲要擀麵棍才來找我們的喔！」

老弟低低笑了起來，下巴靠上老媽的肩，「老媽妳怎麼知道我們在這裡？好厲害！」

「哼！」老媽難爲情的晃著擀麵棍，「啊我就、就找不到我的棍子啦！」

我跟老弟笑了起來，老媽應該是聽見我在計程車上說的話，知道有狀況，就算不知道工廠的事，問店裡同事也能略知一二啊。

老媽好威！

「唐恩羽！」尖叫聲登時傳來，嚇得我們一家三口哇啦啦大叫！

「嚇死人了！」我一顆心臟差點沒跳出來。

小玫她一直在巷口張望，看見我渾身是血即刻尖叫出聲，「快報警啦！唐恩羽受傷了！」

她人衝回店裡，不一會兒抱著醫藥箱殺來，我可以聽見騷動，的確……這條巷子一點都不長，如果我在這裡有什麼動靜，或是誰進入工廠，甚至在外拉扯，都應該看得見。

十年前看著她們進入卻不語的人，是誰？

8.

十年前，這工廠裡年輕的女孩非常多，簡直像個後宮，可以任成熟有爲的男人挑選！全是涉世未深的女孩，只要甜言蜜語或是送禮，簡單就能擄獲她們的芳心，而且他還不是一個結束後換一個，他是同時腳踏多條船，亂槍打鳥，誰上鉤就吃。

許多女孩同時與老闆交往，都以爲自己是唯一，其實老闆都交代了不能讓別人知道，因爲他有個貌合神離、早就不愛的凶惡老婆啊！

凶惡倒是眞的，王太太怎麼會不知道老公在外面做什麼，于佳喜成爲眼線盯著所有的一切，會計絕對認識廠內所有人，也知道老闆跟女孩們的事，她一五一十的報告老闆娘。

因爲她也討厭那些自以爲漂亮的年輕女孩們，多少人炫耀著自己收到的禮物，還以爲自己即將取而代之成爲新的王太太，然後還有人嘲笑著她在王先生身邊這麼久，卻沒有得到青睞，正是因爲她年紀大了。

其實她只比那些女孩們虛長幾歲而已，但她長得不美，所以老闆始終未曾看上她，即使她很喜歡他也一樣……但王太太正是因爲她沒有跟丈夫有染，反而讓她幫忙監視女孩們。

想誘惑她丈夫，門兒都沒有。

心裡的嫉妒是一樣的，所以于佳喜與王太太同一陣線；她首先悄悄約談女孩，表示已經知道她們破壞她的家庭，老闆娘決定提告，賠償金額是那些女孩付不起的，嚇得女孩們懇求拜託放過，所以便以離職要脅，並且必須守口如瓶。

接著再以簽和解書的藉口誘她們祕密下班後前來，順便給一筆分手費。

女孩們多是晚間十點後前來，通過寂靜的早市巷道、再從狹窄的五十弄走來，一出來就可以直抵門口；一路走到四樓，看見地上塑膠布時，什麼都沒搞清楚的她們就會先被注射麻醉劑，倒地後被凌虐、羞辱，接著活活剝皮。

「麻醉藥退了之後，她們便會開始慘叫，但她們已經綁牢了，最多就是塞住嘴巴。」于佳喜哭得可憐兮兮，「老闆娘這麼可怕，我怎麼敢反抗，我都不敢說什麼……」

「然後呢？殺掉被害者後，屍體呢？」警方冷靜的問著。

「四樓、四樓旁邊就是廚房，我們會把她們切成一塊塊，煮熟，分袋冷凍起來，一部分交給我丟，一部分老闆娘說要拿回去餵狗。」于佳喜邊說邊抖，「我、我都丟掉，我根本不敢留。」

于佳喜全身裹著紗布，好姐妹們沒有殺了她，但是卻將她的皮膚割爛，她的臉被毀掉，傷口不停的潰爛中，不剝下她的皮，也不讓她有好日子過。

「妳說得很輕鬆，王太太不是這麼說的喔！」警方冷冷一笑，「她說妳才是那個殘忍的凶手，剝皮法是妳想的！皮也是妳剝的！」

「才不是我！」于佳喜一個激動，牽動了身上的傷口，「啊……好痛……痛！」

她抓過嗎啡按下鈕，可是據醫護所言，嗎啡對她沒什麼用處，止不了疼的樣子。

「我看她們是半斤八兩。」老弟走出病房時，深有所感，「都是變態。」

「合作無間的夥伴吧，十六個人耶，根本殺紅了眼！」我臉部用整型手術縫合，足足縫了一百多針，左手還被吊巾吊起，行動有夠不方便。

「偉哥沒說啥？看妳破相不心疼死了？」

「他說我不是靠臉吃飯的沒差。」我沒好氣的扯著嘴角，幸好傷是從耳邊的鬢角往下，不是從臉給我橫切一刀。

想著妹子們可是原本想撕下我整張臉皮吧……忍不住一陣哆嗦，就算不靠臉吃飯，也不想沒臉皮！真可怕！

看著我們離開，立即有位警察跟著步出，關心我們的狀況，「你們還好嗎？」

「不需要聽了，反正我的傷也不是她們造成的。」我輕聲回應，「筆錄也做完了，應該沒我們的事了？」

「辛苦了。」警察尷尬的笑笑，「多虧你們，才能讓這些失蹤案有結果。」

「其實不是自願的。」老弟冷笑搖頭，邊說邊打哆嗦。

「呵，緣分吧！還是麻煩留意手機，有事情我們還得請你們過來協助。」

我們點點頭，警民合作沒什麼好拒絕的，而且這件事真的是我們發現的，拼湊的人皮、凶刀，于佳喜那袋分屍工具箱裡的跡證可多了，而王太太家還有更多人皮製品。

好姐妹們也算聰明，竟然沒痛下殺手，總是要留活口交代一下她們的位置……屍體被分解吃掉，但頭顱被掩埋的位置需要開挖。

「王太太呢？」老弟突然開口，「很想去看看她。」

警察面有難色的搖了搖頭，「不太好看。」

「聽說幾乎體無完膚？」我不太理解，「怎麼會這樣？」

「我們也不懂，但是確實是她自己拿刀割爛自己身上的皮膚，傷口現在無法癒合、止痛也無效，一直在病房歇斯底里的慘叫，我們要問話也很難。」警察嘆了口氣，「有時還眞不能不信，報應不爽……」

在我們逃出後、警方抵達前，王太太自己從于佳喜的工具箱中隨便拿了把刀，開始朝自己身上招呼，剝除自己的皮，我想應該是好姐妹們上身幹的吧！這辦法眞好！

我們要離開醫院前，看見筆直走來了一位穩重的警察，是之前我在電視裡看見的那位，最近偵辦到許多奇怪傳說的警官。

「啊，同學！」我們擦身而過時，警官叫住了我們。

我跟老弟頷首停下，有點尷尬。

「我收到妳的記憶卡了。」他俯身悄然說著，「謝謝妳。」

我瞪圓雙眼，一時間無法換氣的看著他——爲什麼他會知道是我把相機的記憶卡寄給他的？

伴隨著微笑，他拍拍我的肩，再看向老弟，「辛苦了！記得好好找間廟處理一下。」

「謝謝。」老弟略蹙眉，也顯得莫名其妙。

警官就這麼往前走去，準備進入于佳喜的審訊，我即刻跟老弟對望，兩個人都瞠目結舌。

「爲什麼？」這句我們是異口同聲。

「不愧是偵辦奇怪案件的警察耶，我沒給錯人！」我大大感到欣慰。

「還眞厲害啊！不過妳錄的那、些，自己有沒有存下來啊？」老弟好奇的問。

我給了他一記白眼，「你會留那種東西嗎？」

老弟不置可否的聳了聳肩，在離開醫院時突然大手攬過了我，冷不防的在我臉頰上親了一口。

「有老姐眞好！」

「……妳誰！我打到妳滾出我老弟身體喔！」

「我是妳弟……喂！受傷的人安分點！」

我們換了間廟……七間廟，反正每間都說我們身上陰氣很重，老弟還被煞到什麼的，直到那一間說我們沒事時，我們才停止；難喝的符水喝了一輪，可以領的平安符跟佛珠都用了，老媽還出錢讓我們做了法事，但也就一場！因爲那個實在太燒錢了，我跟老弟覺得身強體壯，也沒什麼後遺症，所以後面的法事都跳過。

十六美失蹤案的新聞熱度還在燒，而廠房的房東也準備要重新整理那棟廠房，除了法事要做外，還要重新粉刷，好好的整理乾淨，才好繼續出租……如果他眞的租得出去的話。

很奇妙的是，那天之後，我們誰都沒再見過任何好姐妹們，老弟也完全擺脫附身狀態，也不會有發毛的感覺了。

「所以，是你們媽媽救了你們嗎？」阿泰聽著我們講古，有幾分詫異，「就那天那個阿姨？」

「建議你叫姐姐，不會說話可以叫美女之類的。」老弟誠懇告誡。

「是是，那個姐姐騎車過來，劈頭就問她女兒跟兒子呢，還報了你們的名字，話說阿霖長得像媽媽耶！」米血一樣站櫃檯，「我就指了巷子，結果你媽媽就開始唸完了完了，我就知道！」

「喔，我媽知道工廠失蹤案，她說大家都覺得那邊有問題，很少會去……我那天跟計程車報地址時，她也注意到了。」我想起這事覺得窩心，「眞的是媽媽細心，老媽早就注意到我們怪怪的了……」

我朝身邊的男孩瞥了眼，是覺得老弟怪怪的。

因爲縫十針回家那天，小小牧的反應很大，總是瞪著老弟吠，那晚老弟又去偷吃供品，還有他去洗澡時不是被我發現疑似附身嗎？原來老媽早就發現，他是扭著屁股進浴室的！再加上我無緣無故拜神桌問護身符，還說了睡不好這種鬼理由，她怎麼想都覺得不對勁。

而且老弟在桌下因爲供品不合吐得滿地血也不是我幻覺，而是隔天一早老媽就先擦掉了。

「老媽眞的深藏不露。」老弟也笑了起來，「早就注意到我們有問題，而且最後還來救我們，那眞的是……」

嘖嘖嘖，連我都不禁搖頭，老弟長得像老媽，就是那種溫柔模樣，日常鄰里都覺得她就是那種賢慧溫婉的女人，但凶起來厚……只有我們姐弟知道啦！但那天不但可以打開鐵捲門，面對那群體無完膚的十數個好姐妹們毫無懼色，還可以拿小圓鍬開揍，以一擋十的氣勢銳不可當啊！

「不是有一說嗎？永遠不要對付孩子，因爲再柔弱的母親也會瞬間變英雄。」小玫那天是從老媽殺向廠房後，就在巷子望風的，「不過令堂大人……身上有點……」

「什麼？」老弟蹙眉。

「嗯，沒有！我看得也不清楚，就只是感覺，很殺！」小玫帶著點羨慕，「一定是爲了孩子們大爆發，超威的！」

我開心的笑著，雖然回去兩個都領了罰，得做一個月的家事，但老媽連續一週都做我們愛吃的好料補身體，嘴巴雖然不停碎碎唸，但付出的愛我們領悟得最眞切。

門外走進老闆，大家趕緊振作假裝忙碌！我跟老弟準備下班了，所以不必僞裝。

「不必裝啦！我在外面就看見了！」老闆樂呵呵的進來，「沒事了吧？找一天我請客，幫你們去去霉氣！」

「不是吧！這麼好！」老弟即刻跳起身，上前爲老闆接過他手上拎著的東西。

「厚！——太明顯了吧！」

「太巴結了喔，唐玄霖！」

老弟聳著肩，不但幫忙把東西放好，還問老闆想喝點什麼，結果阿泰更快，人家剛剛殺進工作區已經泡好老闆最愛的無糖烏龍了。

「好啦好啊！我覺得經過這種事雖然很玄也很累，但你們姐弟也算是做好事啊，不然誰知道那十六個女生都被殺還……」老闆重重嘆了口氣，「實在有夠殘忍！十年前我店就開了，那時我還在想說，爲什麼我一點兒忙都幫不上？現在我店裡的員工協助破案，我也算……與有榮焉！」

呵呵呵，老闆笑得開心，瞇起的眼都笑彎了。

老弟站在他身邊，笑容卻有點僵，我留意到他的眼神，老弟這種表情絕對不尋常。

「十年前老闆每天都待到幾點啊？」老弟漫不經心的問。

「那時店剛開啊，我每天都親自開店關店喔！」老闆雙眼發著光，「從早待到晚，一刻都沒休過。」

「所以，那十六個女生……你有認識的嗎？」

「有！怎麼沒有！幾乎都認識，她們很常叫飲料啊，一叫就是幾十杯的！」老闆提起這個又皺起眉，「我是都不知道名字啦，但有一個叫蕭蕭的，就只喝珍奶，上午一杯下午一杯，她一走近我就開始泡了。」

蕭蕭，我知道，就是嫌我珍珠煮不好那位是吧！

「那個變態凶手說，都是晚上騙那些女生來的，那時你有跟警方提過嗎？」

「有！有啊，有人買飲料，我還知道她們離職了，我有時會問她們怎麼到這兒來？但她們都說我要去見朋友，而且那時工廠都下班了吧！當年我都有跟警方說。」老闆微微握拳，「我早知道我就從側門出去看一下，確定她們是不是走進去了。」

「是啊，如果站在側門……或是要拉下鐵門，朝巷底也是能看得很清楚呢！」老弟手裡突然晃著擺在財神爺前的那副眼鏡，「不過啊，老闆，你這鏡片超厚耶，能看見嗎？」

咦？老弟這話接得有點莫名其妙了吧？他不是應該跟我猜的一樣，當年見死不救的人——應該就是關店前正在拉側邊鐵捲門的老闆啊！

老闆呵呵笑了起來，「一千多度唷！那時我拿下來就跟瞎子一樣，啥都看不見！唉，是啊，我就算站在巷口，也沒什麼幫助。」

「怎麼說？」

「因爲我那時近視很深但是捨不得換眼鏡啊，在店裡工作勉強還行，看遠的啥都看不見，一片模糊！我前年才去做的雷射手術，但這眼鏡跟我久了有感情，我就都留在店裡當鎭店之寶了。」

「誰用舊眼鏡當鎭店之寶的啦！」其他同事們調侃著。

所以是老闆。

他站在巷口、站在哪兒都一樣，就算他目不轉睛的望著巷子，依舊什麼都看不見。

除非女孩發出叫聲，否則下場都是一樣的。

這就叫命。

大家又一陣嘻鬧後又來訂單了，我跟老弟換妥衣服準備下班，今天又是星期五，想著要買啥好料回去加菜。

「蕭蕭什麼時候離開你身體的？」我拉上包包拉鍊時，冷不防的發問。

老弟正在滑著手機，狐疑的轉過來，「啥？」

「搶過被套，謊稱工廠有證據，把于佳喜引到工廠的人是你，還是蕭蕭？」

我凝視著他，「我可是你老姐啊，唐玄霖。」

他笑了起來，將手機往口袋一插，背包帥氣一揹，眼鏡下的眸子掠過一絲銳利。

「知我者莫若姐——呃啊！」

我一拳朝他肚子擊去，完全沒有一絲猶豫。

「不講是怎樣？耍帥嗎？」我舉著拳頭，還吹了口氣，呼。

「噢！妳玩眞的耶！」老弟撫著肚子哀疼，彎著腰一臉可憐兮兮，「妳也不想想我是突然都知道的？臨場反應啊大姐！這很少人能反應這麼快的！我不把凶手引過去，那群女的會放過我嗎？」

我睨著他，我其實不信，「我覺得你更早就知道了，只是要等我拿到人皮……明明可以拿被子去給警察就解決的事，硬要回廠房是？」

「我覺得事情從哪裡開始，就要從哪裡結束。」老弟說得振振有詞，「但我真沒想到她們會不放過我們！還要我們的皮！」

我打量著他，老弟城府很深，我努著鼻子搖搖頭。

「我覺得不單純……不！應該說很單純。」我突然逼近他，鼻尖都要撞上了，「你覺得凶手死有餘辜，靠司法沒用，應該讓被殺的女孩們自己處理！」

老弟對於我的猛然逼近卻沒有嚇到，也沒有後退，而是帶著那依然淺淺的笑容，舉高右手食指，抵著我的額頭往後推。

這時他的表情，卻是一種釋然的欣慰。

「妳不覺得這想法不錯嗎？」他挑了挑眉，「不過我還是會堅持說，妳只是猜測。」

哼！我揹上背包，不想多語，我覺得老弟就是這樣，他要讓亡靈們直接殺了凶手，畢竟他被上了身，應該會與那些女孩的痛與恨感同身受。

我當然也覺得這是大快人心的方法，但是好姐妹們這次用鬼嚇人還上身已經很犯規了，如果讓她們復仇殺戮，好像不會比較好？

「我本來上二樓要拿刀給老媽的，你知道吧？」

「我知道。」老弟聳了聳肩，難掩失望，「所以妳還是妳啊！」

可惡！老弟早知道我根本不會拿嗎？所以那時老媽在那邊打人家打半天，他也完全沒有起身的意思，明明他才是知道刀子在哪兒的人。

唉，算了！雖是姐弟，想法本來就不可能都一樣嘛！

「好了喔！唐恩羽！」小玫在外面喊著，擱上桌的是兩大袋珍奶。

「好！謝了！」我趕緊拎過袋子，催促著老弟，「快走！」

我們幾乎用跑的奔向隔壁巷底，那兒法事正在盛大舉行，現在還是農曆七月，房東決定到鬼門關前每天都做普渡，好好的餵飽這十六美。

噢，題外話，有師父認爲引發這次事件的關鍵，正是因爲老闆娘忙著去料理老公在海外的情婦，忘了要普渡這件事，餓著了好姐妹們！

一年一度好不容易出來，餓著了點杯飲料，然後老弟進去被上身，還在裡面流了血——登愣！

或許本來就只是鬧一鬧而已，結果上了老弟的身就不一樣了，能做的事情變多了。

這我不想管，我只能說我們兩個眞衰！

但也深深理解到，忘了餵食是多～嚴重的事情，還有千惹萬惹，都不能惹老媽。

十八號的三道鐵捲門都是敞開的，供桌擺在一樓中間，窗戶已經擦淨，甚至接了電，現在的廠房裡看起來明亮極了。我跟老弟禮貌一鞠躬後走進，珍奶直接拿出來，一杯杯擺好。

「給我立刻馬上喝！」我扯開了嗓子說著，「看誰還嫌我今天珍珠煮得不好！」

一旁的房東錯愕非常，他當然聽不懂我在說什麼，廟方人員自是一頭霧水。

「每天都會有一杯，直到回去前，請各位笑納。」老弟禮貌的說著，「偶爾也會換些新口味，十年了，飲料種類多很多了。」

我們簡單致意後便離開了廠房，兩個人照慣例前往回家的路上，商量著晚上要吃什麼。

「麻辣鴨血！」又一次異口同聲，互擊拳頭。

「姐，我好奇一件事耶。」等紅綠燈時，老弟又一副正經八百的樣子，「這次我們撞鬼，妳態度跟清明掃墓時不太一樣……我覺得，好像更敢了些。」

「有嗎？沒有吧！」我連忙搖頭，「你不知道我半夜醒來，你站在我床邊時我嚇到都閃尿了。」

「但是我感覺妳很威啊，而且這次都直接面對，還熱心的解決所有事，隨時都會護著我！」老弟疑惑著，「我雖被上身，但隱約的還是可以感受到附在我身上那些好姐妹們對妳的畏懼！」

「喔，沒有啦！我就是有點不爽，無論如何就是要再讓她們喝一次吧！」我現在想來心裡還一肚子火呢！「居然嫌我珍珠煮得不好吃！」

「……因爲這個？」

「負責煮珍珠的是我。」我瞇起眼瞪他，「這是在污辱我的專業！」

「是是是！她們不對！不對……」老弟失聲笑了起來，再度大手攬過我，「走，買個麻辣鴨血，晚上再叫鹽酥雞。」

「現在就想宵夜？我沒要熬夜啊！」

「鹽酥雞配影片啊！好歹我當事者，但我都沒看到過程太不公平了吧！」老弟挑高了眉，「妳以爲我會相信妳沒存備份嗎？」

嘖！我瞅著他，會心一笑。

好！晚上熬夜，來看貨眞價實的鬼片吧！

後記

【Div（另一種聲音）】

讀過第一篇「清明節」的朋友，應該對小龍有點印象吧？當時小龍來到舊墳區所發生的一切，往後延續到他的妹妹，小嵐身上。

只是，小嵐所遇到的，是截然不同的恐怖事件。

也許有讀者會想，等等，他們不是一家四口嗎？所以恐怖故事會繼續延伸嗎？那個老師還有別的招數嗎？還有別的恐怖事件在等著他們嗎？

我想，讓我們靜靜等待，下一個節日的來臨，答案，就會揭曉了。

【星子】

我有時在新聞或是網路上看到某些極度擾鄰、欺壓的惡鄰事跡時，也會幻想倘若自己碰上這樣的人時，究竟該如何應對——

硬碰硬或許爽快，但也得碰得贏才行；就算眞碰贏了，但若對方是個瘋子，哪天躲在暗處冷不防的上來給你一刀，那可是得不償失。

眞實世界沒有那麼多奇異力量和超級英雄，無權無勢的市井小民碰上這種飛來橫禍、土匪惡霸，也只能自求多福了。

我搬過許多次家，很幸運的並沒有遇上太奇特的惡鄰居。

希望這份幸運可以一直維持下去。

【龍雲】

大家好，我是龍雲，很高興在這裡跟大家見面。

如果有注意都市傳說，或者是一些離奇故事的朋友，應該會知道，「業」這篇故事裡面的那起空難事件，是眞實存在的。

這個故事對當時的我來說，也是相當震撼的，記得看完這則報導，幾乎有好幾天都不太敢熬夜。

因此當得知主題是中元節的時候，這三個字就一直浮現在自己的腦海之中，幾乎到了揮之不去的地步。

雖然小說的內容，沒有影射任何人，更沒有想要暗指任何事情，但是在寫作的期間，也確實因爲疫情的關係，幾乎都關在家裡。

我想對於政府的政策，會對民間帶來什麼樣的影響，不管是在疫情期間，還是許多不同的地方，身爲老百姓的大家，都能夠有最直接的體驗。

每當看到很多人堅持己見，提出自己的看法時，不免讓人懷疑，他們是否了解到自己的決策，很可能衝擊很多人生命或財產的安全，就像這篇小說裡面的「爸爸」一樣。他們在做出決定之際，有沒有把那些老百姓的一切放在心上？尤其是那些很可能因爲錯誤的政策而犧牲自己身家性命的百姓。

雖然說所謂的政治，有時候就是犧牲少部分的人來成就大部分的人，但是如果把這些當成理所當然的事情，對那些犧牲的少部分人來說，也未免太過於可憐了。

結合這兩個想法，就是這篇小說的創作源起。

當然，一樣希望大家會喜歡這次的小說，那麼下次見。

【筊菁】

繼上次的清明節後，這對運氣很好的姐弟又碰上了怪事，連去送個飲料都能外送到特殊之地，而且證實了會點外送的不一定只有人……其實還蠻好奇的，在跑外送的諸君，如果跟著地址走，發現越走越偏僻時，你們會再繼續走下去嗎？會不會毛毛的啊？

中元節的發想其實就是我很不熟的普渡，大家總說這是爲了要餵飽好兄弟們，那如果……忘記餵食的話，會發生什麼事呢？感情很好的唐家姐弟會用親身經驗告訴你們。

最後切記，不管你是黑手黨或是黑幫，沒事拜託不要惹媽媽。

最後感謝購買本書的您，購書才是對作者最實質且直接的支持，沒有您們的購書，作者便無法繼續書寫，萬分感謝、銘感五內！謝謝！

更願二〇二一疫情快點過去，寰宇安寧。

境外之城 119

詭軼紀事・貳：中元萬鬼驚

作　　者／Div（另一種聲音）、星子、龍雲、笭菁
企畫選書人／張世國
責 任 編 輯／張世國
發　行　人／何飛鵬
總　編　輯／王雪莉
業 務 經 理／李振東
行 銷 企 劃／陳姿億
資深版權專員／許儀盈
版權行政暨數位業務專員／陳玉鈴
法 律 顧 問／元禾法律事務所　王子文律師
出版／奇幻基地出版
城邦文化事業股份有限公司
台北市 104 民生東路二段 141 號 8 樓
電話：(02)25007008　傳眞：(02)25027676
網址：www.ffoundation.com.tw
e-mail：ffoundation@cite.com.tw
發行／英屬蓋曼群島商家庭傳媒股份有限公司城邦分公司
台北市 104 民生東路二段 141 號11 樓
書虫客服服務專線：(02)25007718・(02)25007719
24 小時傳眞服務：(02)25170999・(02)25001991
服務時間：週一至週五09:30-12:00・13:30-17:00
郵撥帳號：19863813　戶名：書虫股份有限公司
讀者服務信箱 E-mail：service@readingclub.com.tw
歡迎光臨城邦讀書花園 網址：www.cite.com.tw
香港發行所／城邦（香港）出版集團有限公司
香港灣仔駱克道 193 號東超商業中心 1 樓
電話：(852) 2508-6231 傳眞：(852) 2578-9337
馬新發行所／城邦（馬新）出版集團
【Cite(M)Sdn. Bhd.(458372U)】
11, Jalan 30D/146, Desa Tasik,
Sungai Besi, 57000 Kuala Lumpur, Malaysia.
電話：(603) 90578822　傳眞：(603) 90576622

封面版型設計／邱哥工作室
排　　版／極翔企業有限公司
印　　刷／高典印刷有限公司
■2021 年（民 110）8 月 3 日初版一刷
■2023 年（民 112）12 月 21 日初版3.5刷

售價／340元

國家圖書館出版品預行編目資料

詭軼紀事・貳：中元萬鬼驚／Div（另一種聲音）、星子、龍雲、笭菁著 .-- 初版 .-- 台北市：奇幻基地出版；家庭傳媒城邦分公司發行；2021.8（民110.8）
面：　公分 .－（境外之城：119）
ISBN 978-986-06792-1-2（平裝）

863.57　　110010992

ISBN　978-986-06792-1-2
Printed in Taiwan.

※ 本故事內容純屬虛構，如有雷同，純屬巧合。

廣　告　回　函	
北區郵政管理登記證	
台北廣字第000791號	
郵資已付，免貼郵票	

104台北市民生東路二段141號11樓

英屬蓋曼群島商家庭傳媒股份有限公司城邦分公司 收

請沿虛線對摺，謝謝

奇幻基地

每個人都有一本奇幻文學的啓蒙書

奇幻基地官網：http://www.ffoundation.com.tw
奇幻基地粉絲團：http://www.facebook.com/ffoundation

書號：1HO119　　書名：詭軼紀事・貳：中元萬鬼驚

奇幻基地 20 週年 ‧ 幻魂不滅，淬鍊傳奇

集點好禮瘋狂送，開書即有獎！購書禮金、6 個月免費新書大放送！

活動期間，購買奇幻基地作品，剪下回函卡右下角點數，
集滿兩點以上，寄回本公司即可兌換獎品&參加抽獎！
參加辦法與集點兌換說明：
活動時間：2021 年 3 月起至 2021 年 12 月 1 日（以郵戳為憑）
抽獎日：2021 年 5 月 31 日、2021 年 12 月 31 日，共抽兩次
奇幻基地 2021 年 3 月至 2021 年 12 月出版之新書，每本書回函卡右下角都有一點活動點數，剪下新書點數集滿兩點，黏貼並寄回活動回函，即可參加抽獎！單張回函集滿五點，還可以另外免費兌換「奇幻龍」書檔乙個！

【集點處】（點數與回函卡皆影印無效）

1	2	3	4	5
6	7	8	9	10

活動獎項說明：

★ **「基地締造者獎 ‧ 給未來的讀者」抽獎禮**：中獎後 6 個月每月提供免費當月新書一本。（共 6 個名額，兩次抽獎日各抽 3 名）

★ **「無垠書城 ‧ 戰隊嚴選」抽獎禮**：中獎後獲得戰隊嚴選覆面書一本，隨書附贈編輯手寫信一份。（共 10 個名額，兩次抽獎日各抽 5 名）

★ **「燦軍之魂 ‧ 資深山迷獎」抽獎禮**：布蘭登．山德森「無垠祕典限量精裝布紋燙金筆記本」。
抽獎資格：集滿兩點，並挑戰「山迷究極問答」活動，全對者即有抽獎資格（共 10 個名額，兩次抽獎日各抽 5 名），若有公開或抄襲答案者視同放棄抽獎資格，活動詳情請見奇幻基地 FB 及 IG 公告！

特別說明：

1. 請以正楷書寫回函卡資料，若字跡潦草無法辨識，視同棄權。
2. 活動贈品限寄台澎金馬。

當您同意報名本活動時，您同意【奇幻基地】（城邦文化事業股份有限公司）及城邦媒體出版集團（包括英屬蓋曼群島商家庭傳媒股份有限公司城邦分公司、書虫股份有限公司、墨刻出版股份有限公司、城邦原創股份有限公司），於營運期間及地區內，為提供訂購、行銷、客戶管理或其他合於營業登記項目或章程所定業務需要之目的，以電郵、傳真、電話、簡訊或其他通知公告方式利用您所提供之資料（資料類別 C001、C011 等各項類別相關資料）。利用對象亦可能包括相關服務的協力機構。如您有依個資法第三條或其他需要協助之處，得致電本公司（(02) 2500-7718）。

個人資料：

姓名：＿＿＿＿＿＿＿＿＿＿ 性別：□男 □女

地址：＿＿＿＿＿＿＿＿＿＿＿＿＿＿＿＿ Email：＿＿＿＿＿＿＿＿＿＿

想對奇幻基地說的話或是建議：＿＿＿＿＿＿＿＿＿＿＿＿＿＿＿＿＿＿＿＿＿＿＿＿

＿＿＿＿＿＿＿＿＿＿＿＿＿＿＿＿＿＿＿＿＿＿＿＿＿＿＿＿＿＿＿＿＿＿＿＿＿＿＿

請剪下右側點數，貼於集點處，集滿兩點即可參加抽獎

1 2021